立人天地

THE THREAD OF GOLD

雅致生活

剑桥大学本森教授的生命求索随笔集

[英] 亚瑟·克里斯托弗·本森 著
Arthur Christopher Benson
关明孚 译 / 孔 谧 校

黑龙江出版集团
黑龙江教育出版社

图书在版编目(CIP)数据

雅致生活 / (英)亚瑟·克里斯托弗·本森著；关明孚译 .— 哈尔滨：黑龙江教育出版社，2017.3
ISBN 978-7-5316-9177-8

Ⅰ. ①雅… Ⅱ. ①亚… ②关… Ⅲ. ①随笔—作品集—英国—现代 Ⅳ. ① I561.65

中国版本图书馆 CIP 数据核字（2017）第 068227 号

雅致生活
YAZHI SHENGHUO

作　　者	[英] 亚瑟·克里斯托弗·本森 著
译　　者	关明孚 译　孔　谧 校
选题策划	宋舒白
责任编辑	王海燕
装帧设计	Lily
责任校对	张爱华
出版发行	黑龙江教育出版社（哈尔滨市南岗区花园街158号）
印　　刷	北京鹏润伟业印刷有限公司
新浪微博	http://weibo.com/longjiaoshe
公众微信	heilongjiangjiaoyu
天 猫 店	https://hljjycbsts.tmall.com
E-mail	heilongjiangjiaoyu@126.com
电　　话	010-64187564
开　　本	700×1000　1/16
印　　张	14.25
字　　数	145 千
版　　次	2017 年 5 月第 1 版　2017 年 5 月第 1 次印刷
书　　号	ISBN　978-7-5316-9177-8
定　　价	38.00 元

目录

序 言

有一个地方叫七泉谷，地处科茨沃尔德的山谷中。今天，我在那里度过了一段美好的时光，感到无比满足。就在公路的旁边，七条清澈的小溪潺潺流动，汇入一个不大的水塘，空气也随着美妙的溪水声跃动着。抬眼就能看到小树丛里，一只画眉鸟在吃饱喝足后展开动听的歌喉，婉转地歌唱着，沉浸在自己的愉悦之中。宁静的午后，太阳斜斜地挂在西边。随着夕阳西下，灌木丛和树木在古老的牧场上投下的阴影也在逐渐拉长。

水塘旁边有一堵石墙，上面用拉丁文刻着一首措辞略显生硬的六步格的诗，根据诗中描述，这七条小溪就是泰晤士河的源头。被称为泰晤士河水源地的地方位于赛伦塞斯特南部的草地上，在那儿，每天有几千加仑的清水被源源不断地从一处隐蔽的井里泵出，从而确保泰晤士河与塞文河水量充足，满足人们的日常需求。不过，泰晤士河的所有水源中属七泉谷的地势最高，溪水从切尔滕纳姆上方的东侧山脊缓缓流下。若干细流汇聚成河，称作邱仑河。河水流经长满老橡树的蓝德考姆，后又流经地处山谷转弯处的南塞尔尼，水流速度逐渐减慢，最终在克里克莱德汇入泰晤士河。

水珠飞溅出来落到我的脚上，泉水在春日的暖阳里就这么一直欢快地流向远方，流过伊顿的绿茵场，逐渐分成若干细流，水量渐少，流速变慢，不再像原来那么清澈，那感觉就像是在倾听一首美妙的诗；即使在夜晚，在美丽的星空下，泉水也依旧流淌着，流经一座座村庄、城市，流过草原、码头。我半开玩笑半认真地请它把我小小的祝福带上，捎给远方的田地和树林。

它蕴含着一个多么神奇的寓言哲理呀！水珠闪闪发光，很快就不见踪影；它们在茫茫的宇宙中有着自己特定的位置，虽昙花一现，却让人无法忘怀。每一滴水珠都是那么闪亮，那么清新，就那么无忧无虑地跳了出来，暴露在日光下，转而消失不见了。然而有谁会想到，那打在岩石上飞溅出来的水珠可能和岩石一样历史久远，甚至有过之而无不及。自上帝创世以来，那些小水滴曾多少次飘浮于云朵之中，又有多少次跳跃于浪花之上，抑或是融于大洋深处！最为奇妙的是犹如茫茫宇宙中一粒尘埃般渺小的我，尽管微不足道，却可以坐在这里用我有限的能力描绘着周遭的一切。我可以回首往昔，展望未来，也可以明辨是非，就是参不透光阴流逝所为哪般，想不明白日夜更替、悲欢离合、生老病死和爱恨情仇对我来说究竟意味着什么——是真的存在生命的开端和尽头，还是人生如戏，而我在这气势恢宏、令人眼花缭乱的戏剧中扮演的仅仅是一个茫然无措的看客？

然而今天周遭这一切——和暖的阳光、涌动的泉水、云雾缭绕的山谷及婉转动听的鸟鸣，都向我传达了一个信息，那就是上帝希望我们能够快乐地生活。有一天，一位生命垂危的友人写信给我，对我说：“我的人生信条就是知足常乐，人根本没必要自寻烦恼地问那些抽象的问题，没必要纠结于是非因果、是非曲直。”有必要吗？当然没有必要。但是总会有人在情非得已的情况下迷失方向，在荒原中跋涉，在孤立无援、饥饿难耐时也只能采摘苦涩的野果充饥。事实上，我很怀疑一个人到底能不能强迫自己这样或不这样想。如果某人不喜欢甚至害怕反思，那么他做起事来反而会更加愉快且目标明确。即使如此，思绪也仍然存在，正如我们搞不太懂《哈姆雷特》《夜莺颂》这类的东西，但它们仍然存在于我们的生活当中。是让自己陷于深思，力求弄清楚是非曲直，还是随波逐流，每天只是干点活计、做个计划、努力生存或与人闲聊？有谁又能说清这两种活法哪个更高尚、哪个更明智、哪个更正确呢？我们用了很多办法隐藏了真实的动机，因为我们不敢承认自己做选择的能力是多么不堪一击，但是，我们还是选择了我们认为最适合自己的道路走下去。坦白地说，我们大家所做的一切都是按照最熟悉、最自然的方式来的。年龄越大，我越觉得我们都是在冥冥之中被驱使着做事。在现实生活中有多少人能够做到摒弃周遭的一切，完全按照自己的心意去做事呢？又有多少人能够超凡脱俗地放弃健康、抛开抱负或违背自己的性情呢？我觉得在我的整个人生中没有一次是为自己代言的。

这就是我写这本书的原因：无论我们是凯旋得胜还是折戟而归，是意气风发还是悲观失望，是吉星高照还是晦气缠身，是生龙活虎还是病病恹恹，我们都是上帝的子民。我相信我们活在世上是为了去学习而不是教授别人，是承受者而不是施予者，是屠杀的对象而非屠杀者。尽管我们错误不断、生性冷酷、为人自负且寻求自保，我们仍被上帝伟大、仁慈、友善的心所包容。我们可以为了自己亦是为了他人而使事情变得简单些，这却不是最终的目的：我们想要的是变得快乐、沉静、有耐心，期望着上帝的降临；如果可以，我们要变得知足常乐，而非贪得无厌，对于那些同我们自己一样脆弱、大悲大喜的人我们应悉心照拂、充满仁爱之心。尽管我们必须修身养性，尽最大努力不被兽性驱动，从而避免不快，我们还是得在事情很糟糕的时候学着去期盼峰回路转，实际上我们就是在攻克难关。也许有一天，当我们回首我们纠结的一生，会发现时光都是在我们静默不语、身心放松、好运连连及做事不假思索中荒废掉的；而收获颇丰的时刻往往是我们焦躁不安、愁云惨淡、痛苦煎熬之时。《雅致生活》一书就像是暗无天日的梦境中的一线希望。今天我看到的那滴水珠从山脉的阴暗中滴落下来，在溪水中跳跃，奔向大海。很多美好的事情与苦涩的经历就像那溪水中的水滴一样融入我的书中，坦然地呈现出我这一年跋涉中的种种经历和感受，好坏参半。有时这水珠或在暖暖的阳光里从长满苔藓的暗礁之间流过，或在榛木丛生的灌木丛边稍作停顿；有时它则因被污染而变得浑浊，似乎永远也不能变干净了。但是最终这些泡沫、土块、淤泥等污染了水滴的脏东西都有它既定的去处，在水中漂浮一阵子后渐渐沉淀下来；而晶莹的水滴则又重新变得纯净，一路欢歌地奔向既定的目标。

导 言

在我大半个人生中，我非常渴望能写出一本文字优美的书。我曾用尽心思奋笔疾书，但是从未成功过。我所说的没成功是指那些完工的书没有我预期的那样好。我觉得我在书中顾虑太多，总是尽可能地去娱悦、讨好我的读者；但同时，在我的内心深处还潜藏着一种渴望，总想让读者们看到我是多么优秀。这种渴望就像一条小蛇盘踞在我的心中，久久不曾离去。我也尽量不让它影响我的写作，只要它一崭露头角，我就急忙把它压制下去。当然如果我知道该怎么做，我就应该等它完全显露出来再一次性根除掉，可是我却还是动了恻隐之心，毕竟这种渴望也是我想法中的一部分。

但是现在我突发奇想，希望这么做可以成功。我不打算把我的书写得妙趣横生，甚至赏心悦目。我只想在书中记录下让我印象深刻的与众不同且妙不可言的事情。我能够欣喜地感觉到我写的书已渐入佳境，这就好比一个身在旅途的男人在一处偏远的地方看到一些讨人喜欢、稀奇古怪的玩意儿就会买下来，不是买给自己或是满足自己的喜好，而是专门买给在家等候自己的人，那个自己深爱的、牵挂的、一日不见如隔三秋的人，只为了讨她的欢心，我就是想那样做。我要时时念着那些我在乎的人，把那些我喜欢的事物都写到书中，用我所能找到的最美好的语言来描述它们。我这么做不是为了自己，仅仅是为了我在乎的人。而我又恰恰非常幸运地得到了上帝的眷顾，身边有很多老老少少值得我在乎的人。在欣赏美好事物的时候有一个非常奇妙的现象，就是往往当局者迷，旁观者清。我面临的唯一困难就是我最喜欢的、给了我极大乐趣的事物往往是只可意会不能言传的，比如难以捉摸的神秘事件、看得见摸不着的光线及轻微的声响。

但是我会尽可能把给我造成困扰和负担的东西——谨小慎微、焦虑不安、寂寞冷清、身体的痛楚、冷酷的想法、冲天的怒气及一切不纯洁的东西——从书中删去，我不懂为什么我们的生活要与这些东西纠缠在一起。不过唯一令人欣慰的是，即便土壤再黑、再厚，总会有美丽的花朵破土而出，继而绽放。比如，谨小慎微、焦虑不安及身体的痛楚带来的负面影响让我产生某种触动，而这种触动在我无所畏惧、心情愉快且身体健康的时刻是从来感受不到的。又如，在扫除怀疑与猜忌之后，原先的怒气让我一次又一次体验到了友谊的可贵。

但是纯粹的美好——思想之美、听觉之美、视觉之美——对于我来说也许算得上是世上最宝贵的了。它们带给我一种希望，这种希望可以超越生死。我们从静默和虚无中醒来，看到了些什么，也听到了些什么，然后再重新回归静默。但就在这个过程中，我们的内心充满了愉悦。有时我们的路途充满艰辛与孤寂，我们在泥泞的路上蹒跚而行；而有时我们会穿过田野和灌木丛，山谷中洒满落日的余晖。如果我们能再冷静些，再安静些，不再过分在乎我们给别人留下的印象，更加热衷于快乐而甜蜜的事，思想再单纯些，更加知足常乐，那么我们的生活该是多么美好！我越来越强烈地感觉到我们没有太过重视这一点，因为只要稍稍向着这方面努努力，就好像毁掉了我们身边所有对健康有益的水果：埃斯高尔的葡萄、伊甸园的苹果等等。我们似乎是因为愚蠢地惧怕被别人嘲笑而变得畏首畏尾，不敢畅所欲言，不敢谈及这些使人愉悦的东西。

有一天，我拜读了一位了不起的艺术家的大作——《论生活》。这位艺术家曾获得国家授予的殊荣。我觉得他根本不在乎这个荣誉本身，但是他的的确确在乎身边的朋友们因这份殊荣而对他的由衷赞美。我不想逐字逐句地引用他的原话，但是他的大意是，他非常纳闷，为什么朋友们一定要等到这样一个他们认为“恰当”的时机去赞美他，而不是在某年的某一天直接写信给他们所仰慕和热爱的朋友，对他们所取得的成就进行赞美。当然，正如任何事一旦变得习以为常，就会黯然失色一样，如果谁都这么去做，那么它就会被一些愚蠢的人弄砸。不过事实却是我们英国人一直吝啬于去赞美、鼓励和羡慕，也吝啬于表达出自己的仰慕之情，其结果就是遭受损失和伤害的往往是我们自己。我们不能因为想让人觉得自己性格耿直就出言不逊，同样也不应该因为怕被别人认为自己虚情假意、热情过度而不敢表达善意。如果有些话迫不得已需要说出口，那就注意措辞，且要充满诚意。即便说的是令人愉快的话题，诚意也分毫不能少。

现在书归正传，我这本书只是记录了我的真情实感和一些奇闻趣事。我每天都是忙忙碌碌，并从中获得不少乐趣。当然我不可能总是这样忙碌不休，所以一旦我看到或听到某些让我感到高兴的事物，就会马上把它们记录下来。这其中也许包括一个我没去过的地方；或是一个我所熟悉的老地方，因被日光或月光遮上了一层神秘的面纱而显得更为静谧；也许是一件为人津津乐道的事情；也许是一件令人难过的事，但仍有峰回路转的可能性；也许是一位我遇到的和蔼可亲的人；也许是本好书，抑或是一幅稀有的画卷，或是一株奇花异草；也许是首美妙动听的乐曲；或是指引我前进方向的某个奇思妙想。上帝一直保佑着我，我也因此希望可以通过这本书把上帝对我们的关爱传递给他人。在此之前我曾提到这本书记录了各种美好的事物，我希望这些美好可以像金线一样美丽而珍贵，指引人们在暗无天日的人生迷宫中找到出路、看到希望。

最后，我要全心全意地向上帝祈祷，希望我的这本书不会违背上帝的意旨。我经常猜不透上帝的意旨，即便它是如此难以理解，更难以实现，但是根据我的所见所闻，有一点我是可以肯定的，那就是他的意旨是崇高而神圣的。书中所记的一切事物都是绝对真实可靠的，我能因此而进步也许只是一种妄想，但是我觉得既然上帝让我下决心写这本书，那么我希望上帝能够鼓舞我一直坚持不懈地写下去。我很清楚地知道自己不能胜任这一神圣任务，但是希望上帝能够帮助我，让我妙笔生花。

第一章
红色的水塘

我住的地方群山环绕，让人流连忘返，在群山深处有一条山谷。谷中没有道路，只有一条蜿蜒的小溪，掩映在榛木和桤木之间，淙淙潺潺地流淌着。从谷底看不到任何房屋，只能看到山坡上的草皮和矮树丛。离溪水不远处有一小块与世隔绝的地方，我时不时地会到那里小坐一会儿，想找到去那里的路非常不容易。我曾指引过外乡人到那里，结果他们都是徒劳而归。那里距溪水大约有二十码远，周围环绕着矮小的桤木，里面有一个与众不同的水塘。水塘大体呈圆形，直径约十英尺，有四五英尺深。水塘中的水清可见底，微微呈绿色，犹如镶嵌在那儿的一块宝石，幽幽地发着光。水波在水面上涌动，泛起阵阵涟漪。即使在干旱的日子里，水塘也从未干涸过。隆冬时节，水面上会笼罩着淡淡的水汽，很明显，这塘里的水是有热度的。

泉水中富含铁质，因此水里有股明显的药味。我不知这水到底是从哪个矿床流出来的，但它一定是个大矿床，因为这泉水日夜奔流，年复一年，却从未失去它原有的铁的味道，这泉水一流就是几百年。

水塘周围布满奇奇怪怪的云雾状的图案，像棉花又像蜂蜜的结晶。因为水中含有铁质成分，水汽升起后遇氧生锈，所以这些图案都呈铁红色。但是露出来的泉眼却呈深蓝色，碧绿的泉水从中涌出，穿过朦胧的水汽，流出水塘，欢快地流入桤木掩映下的水渠，在转弯处注入更大的一条小溪，叮叮咚咚地奔流而去，水声能传到一英里以外。那桤木也因水中含铁而有斑驳的橙色。

据说这水具有神奇的疗效，当地人会在月下饮下这水，相信可以消除或减少病痛。不过这水对当地的野生动物不具有任何杀伤力，因为水老鼠可以在岸边打洞，在水中来去自由。但是在水塘和水渠周围很难种植作物，因为这里杂草丛生。

我喜欢站在岸边，看那碧绿的泉水从泉眼中涌出，再潺潺地流向远方。然而这个地方的吸引人之处不仅这些，还有那不可思议的染满锈红色的水边景观：那水塘上方朦胧的橙色水雾，还有那水塘边泛起的黏稠的泡沫，泡沫之上反射着耀眼的光泽。水一股股地涌出，那么神奇，这一切似乎都被施了魔法。夏日里的景色还是值得一瞧的，草柔嫩、鲜亮，攀缘植物与树叶纠缠在一起，犹如一幅美丽的织锦包裹在灌木丛周围，而那大树则是枝繁叶茂。到了冬季则是另外一番萧索的景象：一切色彩都因冬天的来临而消退，草场变得枯黄，山坡在寒风中瑟瑟发抖，桤木的树干黝黑僵直地挺立着，光秃秃的树枝缠绕在一起，绿叶早已不知去向。水自水塘中涌出后形成的水汽薄薄的一层，笼罩着这一切。

我不否认我是按照自己的感受来看待它的，在这样一个冬日里，乌云密布，树木犹如狂风中的波涛一样，发出呜呜的低吼，我就在这到处都是锈红色的水塘边做了一个认真而悲伤的决定。正如这橙色的泉水在注入干流时改变了水流的颜色一样，这周遭的锈红色也曾渲染了我的生活。这个认真的决定总是让我想起这个地方，我曾一次又一次地在脑海中勾勒出那草地的样子，用心去感受那泉水的涌动和水塘周遭的朦胧。尽管我做的决定是如此严肃而认真，但它并没有使我感到任何不快；恰恰相反，它似乎带着某种药的苦涩，又似乎具有某种疗效，带给我一股坚定的信念，驱使我不断前进。

第二章
荒废的圣所

今天，我漫无目的地来到一处偏远、陌生的地方，这里很少有人来，我遇到的两件事竟莫名其妙地感动了我。我离开公路走向左侧的山谷，去找寻小村庄；然后又从崎岖的田间小路走入田地，去看不远处的一处古老农庄。我绕过几间村舍，转了个弯儿，看到一座规模不大的老教堂，教堂的石头墙已经风化，上面长满了橙色的苔藓，教堂的屋顶上覆盖着石瓦片。教堂周围有一小片墓地，长满了茂密的荒草，荆棘挡住了入口。教堂的窗子早已千疮百孔，我还从未在英格兰见过荒废的教堂，于是我翻过墙头想要看个仔细。教堂以优美的身姿挺立在那里，墓地的另一端有一处矮墙。从墙头望过去能看到一片水草丰美的草地，草地上溪流纵横，水边开满了金凤花。几头牛悠闲地四处游逛，四周一片安逸祥和的氛围。穿过草地，越过一小片树林，有一处农庄，屋顶上有着高高的烟囱。教堂的门大敞着，我很少见到比这里还要凄凉的景象。屋内的顶棚设计简朴又不失美观，黝黑的房梁上雕刻着图案。教堂内安放着詹姆士一世时期风格的橡木器具，摆了几把椅子，一张书桌，还有一个小屏风。西边有一个小走廊，旁边安着栏杆。整个场景看起来是如此破败不堪，木器早已开始腐烂，讲坛上的红布破破烂烂地垂挂在那里，祈祷书散落在地面上，风从门口吹进来，书页被吹得到处都是。整个地方老鼠成患，到处是鸟屎，圣坛上方竟然还有一处残破的鸟巢，这些景象令人触目惊心。在墙内还能看到几个古老的纪念牌子，教堂正厅的通路下面是一个又一个的墓穴，地面上则刻着死者的简介。这个场景不禁使我想起一首诗：

看那祭坛上，一种破败的景象，
女神克律塞伊丝的名字逐渐被淡忘，
最终长埋地下。

屋外阳光轻柔地洒在墙上，几只八哥落在屋檐上叽叽喳喳地叫着。屋内荒凉一片，给人以信仰遭破坏、记忆被遗弃、圣坛蒙羞的感觉。为这个几乎与世隔绝的小村庄修建这样一所教堂的人，其内心充满了虔诚。正是修建者的仁爱之情与良苦用心使这所教堂看起来是那么得体端庄。砌墙用的石块、屋顶的房梁无一不是用心之作，使这处圣地看起来如此高贵。就是在这里，婴儿接受洗礼，新人许下誓言，死者得到安息。看完这一切，我带着深深的感伤转身离开，阳光似乎也因凄凉与遗憾而变得不再明媚。

我沿着石子路走向农庄，很快便看到一处山墙显露在植满欧洲椴树的林荫路那端，不过没有通路直达那里。大门是电动的，车道上杂草丛生。不久我就发现有一条小路从村子通向这里。农庄的左侧是一座又一座的谷仓和牲畜棚，里面是膘肥体壮的小猪和精神抖擞的家禽。牛群正穿过草地一路叮叮当当地往回走。离房子越近，我发现房子显得越发漂亮。房子周围修了一条沟渠，房子旁边也有一座古老的教堂，而且被维护得很好。月桂从水边一路蔓延过来，长满了房子的周围。我走过一座小桥来到房子跟前，桥上的护栏早已破损严重。我很少见到有哪个建筑的比例是如此完美，色彩搭配是如此精妙。房子正面的墙呈三个三角形，中间的墙上有一个漂亮的凸窗，窗子下面是一扇漂亮的橡木门。整个房子由浅红色的砖搭建而成，墙面覆盖着灰色的地衣，幽幽地反着光。石木瓦的屋顶上高高地耸立着烟囱，烟囱的外角、护墙和竖框都是由漂亮的橘色石头构成。右侧是一个大花园，外面修着围墙，里面鲜花怒放。越过农庄外的深沟就是宽广的草地，再远处就是连绵起伏的低山。

一大群温顺的小狗跑出来，对我表示热烈的欢迎。一只体形巨大的看门犬抗议地大叫了一声，也加入了欢迎的队伍中。我坐下来，被温暖的阳光包围着，欣赏着眼前的美景，小口啜饮着。松鸡在院外的深沟里鸣叫着，小狗们一溜儿地站在我的脚边。这所老房子的设计者比例感一定极强，懂得欣赏简洁之美。这房子是如此高贵典雅，狭窄的窗子、高高的举架，这一切的美好都是经久不衰的。尽管我对这房子的名字和居住者一无所知，但是我却被它深深地吸引着。在这个宁静的午后，在空中似乎能听到故人召唤我，故去的人正在屋内向我张望。我感觉到我与这老房子是如此心灵相通，觉得自己似乎曾在此居住过，似乎是刚从远方的战场回到了儿时的家园。这房子似乎正用哀伤、温柔的眼神注视着我，它似乎能感受到我对它的爱，并愿意与我分享它的秘密。一所建筑竟能如此直白地表达出深深的眷恋之情，这是不是有点难以理解？至于它到底在讲些什么，我无从得知；但是我能感受到人们修建房子时的良苦用心，能够感受到在饱经风吹雨打后获得的那份尊严。它在讲述着希望与光明，讲述着青春与快乐。它在告诉我一切的一切都已成为过去，即便这所老房子已历经磨难，但仍难逃最终倒塌的命运。

我就像一只信鸽，在某个能遮风避雨的花园里待上一小会儿，然后就必须继续向目的地前进。但是与老房子的心灵交流在我的内心深处留下了深刻的印象。我知道从今往后我会永远记得那所老房子，记得它的样子，记得它是如何越过枝条缠绕的树丛向外凝视，看那日出日落；记得它是如何等待着新一天的来临，同时又在回味着过去的种种。

第三章
摆脱消沉

我也不知道为什么，最近我总是被一种情绪困扰，格雷叫它消沉。它不是忧郁，不过与忧郁类似。它就像一个黑色的大怪物，潜伏在我的周围，只能看到它的头部在我的小花园里投下的一个怪影。

我不想终日沉浸在这种情绪当中，我想摆脱它，我更愿意过着快乐而自由的生活。但是格雷说这种状态很好、很放松，它有它的好处。它不像忧郁那样能毁掉责任心和快乐。即使有它存在，我也仍然能正常地工作、读书、讲话和大笑。虽然它会给我带来一丝轻微的忧伤和疲倦的感觉，但又不会让人觉得可恶。它给生活涂上一层素净的灰色，虽然剥夺了尽情愉悦的快感，却提高了感知能力。在这种情绪中，人可以长时间静坐不语，把目光投注在草地上，注视着那从黑土地中钻出来的嫩草，倾听着鸟儿在那边婉转低鸣，一丝春天的倦怠流过心田。与此同时，一种冲破束缚获得自由的轻松、因对某事的向往而产生的莫名激动、对某事寄予的些许希望以及勇往直前的信念混杂在一起涌上心头。心中不禁为这难得的平和而发出一声轻叹。

今天，我在草地旁漫步、沉思，在这静谧的环境中怡然自得。灌木丛的顶端已经透出绿色，树枝上的蓓蕾颜色渐红，这一切的色彩是那么轻、那么柔、那么淡，仿佛整个世界都在此刻驻足，为稍后的前进养精蓄锐。我在小村庄里站立了少许时间，注视着老房子的山墙和农庄废墟的侧面，仔细凝视着果园周围的砖墙。再往后看，老教堂的塔尖早已不再那么尖锐，高高地耸立在那里，凌驾于榆树枝丫之上，粉刷上去的蓝色也在慢慢褪色。再远处则是线条单一、连绵起伏的荒原。夕阳西下，一缕残阳穿过飘浮的云彩照在西向的山墙上，给它镀上了一层金色，这一切都显得如此沉静。此时，只有我的心是焦躁不安、无法平静的。一位老人在一个小花园里蹒跚而行，像雷欧提斯那样抚摸着花园中的花花草草。饱经风霜的脸庞、参差不齐的胡须和打着补丁皱皱巴巴的衣服让老人显得那么颓废。或许他和我一样郁郁寡欢，但我觉得也不尽然，因为很多乡下人还有好多老年人都不再那么紧张兮兮的了，也就是说不再瞻前顾后，只不过程度有所不同而已。生活简单的人及上了年纪的人都不在乎这些，只是心情平静地生活在当下。我觉得这正是我们大家都应该达到的境界。如果一个人不再承受未来之重，也不再慨叹过往，那么他的生活就会变得轻松许多。抓住当下，珍惜每一刻，学会苦中作乐，这才是最大的胜利。但可悲的是，现实生活中，尽管我们清楚地知道什么是明智的选择，什么是幸福，什么是我们想要的，却不能总是按心意去追寻这一切。我记得有一个关于一位公众人物的故事：他肩负重任，并终日为其所累，有一次他问正处在风口浪尖的格莱斯顿："难道你从未在夜晚辗转反侧、思前想后吗？"格莱斯顿把炯炯有神的目光投向他，有些不解地回答说："当然不会，那么做又有什么用呢？"我记得足有一百零四岁高龄的卡农·比登先生曾对友人谈起自己的长寿秘诀，他说他从不在晚上10点以后去想那些令人不快的事情。当然如果你的大脑里有若干个小房间，而充满骷髅和梦魇的房间是其中之一，纵然晚上10点以后走进去也不会对你造成太大的影响，那么只能说你很幸运。

不过我们可以做些事情来改善这一状态，一个人处于忧愁状态，他若能有勇气做点实事，独自面对摧残精神的猛兽，能够扰乱猛兽的注意力，那该是多好的一件事啊！就我个人而言，我每天都要做一大堆事情，毫无乐趣可言，唯一的乐趣就是在完成一项工作时能长长地舒一口气。明智的做法就是利用郁郁不乐的那天去做这类事情。做事的过程本身可以疏散烦闷，等事情完成后，既战胜了烦闷，又使自己的头脑清净下来，恢复到正常状态，然后心态平和地继续处理自己更有兴趣的工作。

如今，愁云逐渐散去，我重展笑颜，大地的宁静与包容抚慰了我。

这一望无际、宽广的土地让我感到如此纯净与自由！这2月的色彩、枯黄的草地、尚未长出新叶的大树……这一切是多么清澈、雅致！这是多么难得的一份清静！我在一座圆木桥上驻足了好久，注视着路基下的一条小溪，看着它从长满荆棘的草地上蜿蜒远去。它从凋零的菖蒲中缓缓流过，带着冬日溪水特有的宝石般迷人的特质。夏日里，溪水会因水中长满了水藻而显得暗淡、浑浊，但是现在它就像一颗纯净的宝石。想着那被叫作水的东西在地表的裂缝中缓缓而流是多么奇妙的一件事！水中的鱼儿认为水就是整个世界，对于外界，除了偶尔感到水拍打着岸边外，对其他暴露在空气中的不稳定因素一无所知，我们人类与鱼儿是如此相似。我们身处一个神秘莫测的世界，我们只是偶尔能看到某些事的阴暗一面，对于整个外界环境我们知之甚少。

眼看天色已晚，地平线开始变红，似乎要燃烧起来。远处的溪流像一根苍白的细线，弱弱地发着光。是该回家的时候了，我又要投身忙碌的红尘中去了。我的忧伤跑到哪里去了？似乎有一缕清新的风吹过我的心田，树叶尽脱的树林在向我挥手告别，田地和溪水似乎用轻柔的声音向我倾诉：“我们会尽最大可能帮助你。”我侧耳倾听着，与此同时也早已学会了耐心地等待。

第四章
美丽的花朵

我交了一位新朋友——一种才认识的花朵。假如有一个简单上口的英文名字，我会很乐意记住它。但是这朵花如此亮丽，像我的一个朋友似的在我的心底，留下美好而完整的回忆。

我是在一处周围峭壁林立的海湾看到它的，在一个小小的海湾处，石灰岩的悬崖矗立着。剧烈的地壳运动使地层发生严重的变形，那一处处险峻的石壁就那样斜斜地矗立在那里，没人知道地壳运动的具体时间，恐怕只有万能的上帝才知道。海浪拍打着沙滩，打在我们的脚上，变成细小的浪花，随即化成泡沫。空气中充溢着咸咸的海的味道，不禁让人心旷神怡。几只小船被拖上岸晾在沙滩上，虾篓、渔网、拴着软木浮子的绳子、桅杆还有船桨随意散放在通往小渔村的沙土路边。那天我们走了好远的路，尽管疲惫不堪却依然心情愉悦。我们选了一处坡地坐下来，发现在我们与悬崖之间的这一小方土地上以前曾有过一处带花园的农舍。我们的身后是一处断墙，不大的地基上除了四处蔓生的花朵，还有零星几丛果树以及一棵长满节瘤的苹果树。

我曾一度以为我所钟爱的金色桂竹香只长在农舍的附近，实际上它有着更广阔的生长空间，到处能看到它的身影。它从花园一路攀缘到悬崖上，在悬崖上迎风而立；它扎根在沙土中，给一块块的沙地镶上了一圈花边。花枝是淡褐色的，略显粗糙，上面布满了嫩绿的芽儿。花儿还没有完全绽放，一个个淡紫色的花骨朵儿含苞待放。但在我的身下有一小丛花因无法抵抗阳光和空气的召唤已然迎着太阳盛开，花朵分五瓣，带着紫色的细纹，中间是金色的花蕊。它们知道我不会伤害它们，就那样静静地凝望着我。

下面的海湾里，两个渔民摇着船桨驶向大海，船桨发出的吱吱嘎嘎的响声在海风中时断时续地飘进我们的耳朵里。细碎的海浪拍打过来，发出清脆的击打声，轻柔地抚摸着这布满石子的小峡谷。在这明媚的春日里，整个地方都使人感到一种无法言喻的平和与满足感。

我一时把排得满满的日程安排抛在了脑后，忘记了自己的理想与抱负，也暂时忘记了力量微弱却又满怀责任感的渺小的自我。我钟爱的紫色小花默许了我的想法，对我展开信任的笑颜。它似乎在对我说：

“我在这里年复一年地开花、怒放，从未有人多看我一眼，也从未有人留意过我。没有人赞叹过我的美丽，更没有人在我凋零枯萎后为我感到惋惜，只有我那干枯的花茎在寒风中瑟瑟发抖。但是我却对你倾诉了我的秘密，只因为你留意到了我，并且喜欢上了我。”随后，那花儿对我倾诉了一件无法用言语来形容的事情，正如圣保罗描述的那样，这种事情只可意会不能言传。

我想如果我能只记得那花儿对我说的话语，那么我就不必再感到伤心，也不必再做无谓的挣扎或感到痛苦，我只要惬意地活着就好。然而，就算我知道自己心里有话要说，那话语也会像优美的乐章一样瞬间画上休止符，让我无法再想。

那天，我还看到很多其他事物，毫无疑问，它们都是那么美好而神奇。可是它们谁都没有像之前那朵小花那样对我说过话，就算是真的说过，也被海风给淹没了。海风的声音是人能用耳朵听到的，而花儿的声音来自天际，来自灵魂深处。

我将继续我的探索之旅。我的满身疲惫，外面的天公不作美，在旅馆休息室里叽叽喳喳闲聊的男男女女，这些都影响不到我的心情。我小心翼翼地把我看到的老房子、春天的树林及与世隔绝的山谷统统收藏在我的心里，把在那里的所见所闻珍藏在我的记忆深处。但是我珍视的花儿是与众不同的：我每逢听到有人念起那个地方的名字或看到那处海滩的地图，我的心就会不由自主地因喜悦而悸动，就会想起我那可爱的花儿就是在那里开了又谢，忆起它曾向我吐露秘密，而我亦读懂了它的想法。它会一直在那儿等着我的再次到来，确切地说，无论我是否还会去那儿已不重要，它会是我永远最忠实的朋友。

第五章

沼泽地上漫步

近日我越来越觉得英格兰最美的地方是这片平坦的沼泽地。我这么说不是老于世故地阿谀奉承，也不是非得勉强找出什么闪光点，而是由衷地这么认为。我所指的沼泽地并非是那种普通的向四周延展开来起伏很大的平地，它的美丽并非夺人眼目，而是细致入微，独具韵味。我所称赞的地方位于英格兰东部，是一处平坦的低地，仅比海平面高出几英尺而已，那里在古代曾是一片一望无际的沼泽地。

首先，这个地区视野开阔，从一处几英尺高的地方就能看到很远的地方，若是在英格兰的其他地方，想要看得这么远必须爬上一座相当高的山。我喜欢眺望那宽广的平原，看着那黑色的沃土向远处无限延伸开去；堤坝和水道则线条单一，绵延不绝。偌大的风景在人的视野中成了一道仅有几英寸宽的风景线，然而这道风景线却有着无与伦比的丰富色彩。远处一座孤零零的农场被几棵大树环绕着，在四周一片浓绿的映衬下显得格外抢眼。而偏远的原野绵延至数英里外，显示出一种独有的细腻与温柔。视线所及的范围内所能看到的景物是那么简单而淳朴：一处芦苇丛生的池塘，四周柳树环绕；农庄里小房子一处紧挨着一处；灰色的教堂屋顶高高地耸立着，仿佛是在凝视庭院中的榆树。我的视线不再仅仅停留在近处的景物上，而是恣意地在平原上扫视、浏览，心中感到一种难得的自由与宁静。抬头仰望晴空，也只有在这个地方才能以如此视野欣赏天上的浮云。这一切的一切都显得那么宽广与宁静，就好比漂浮在海面上，却没有丝毫的漂泊之感，仿佛身下是肥沃的绿野，感觉是那么踏实。

几天前，我信步来到康河下游，那里地势平坦，多年生的荆棘树含苞待放。我沿着驿道来到沼泽地的中心地带。河水犹如一条蓝色的纽带时快时慢地流淌着，两边的河岸上郁郁葱葱。小路和河水之间的地带长满了多汁的叶草及大片大片的白色欧芹，间或散布着芦苇床。我在那儿站了好久，倾听着苇莺响亮的歌喉，看它在那一小片柳树林中穿梭。目光向北，可以看到远处青灰色的伊利塔，它高大的身影掩映在树林之后；褐色的维肯湖的莎草床在草地中部绵延起伏——那里可能是这个地带唯一的保持原状、尚未开发的地区；成群的牛羊在没有围栏的草地上悠闲地吃着草，身影越去越远；一名劳作者归家的身影显现在绿堤上，似乎整个下午都没什么变化。水道中修了许多闸门，清澈的河水从中涌出来，慢慢溢过闸门，上面漂浮着草屑。在这片广阔的天地里一切都那么恬适，毫无拥挤之感。人们不再忙忙碌碌、疲于奔命，人与人之间不再有争吵与冲突，也不再有任何的埋怨与不满。在这里你不会有任何的荒凉之感，有的只是那花草的单纯与愉悦以及鸟儿恣意飞翔的快感。这里的荒蛮早已被人类的气息感染，只剩下一份恬静与自然。我恍若是从忙碌的现代穿越回了悠闲的古代，那时的人们还没有涌入城市，依然住在乡村，享受着那份难得的宁静。我的内心渐渐沉静下来，感受到那种我梦寐以求的平静——像溪水的潺潺，如羊群的悠闲，又好似青草的恬然。所有这一切的美好融会于一处，不紧也不慢，在一片祥和中延伸向远方。世间万物仿佛都在静候、沉思，摆脱了生活的困扰，不在乎生死，不再纠结，无忧无虑。我跨过一条小河，河水无声无息，快速地流向远方。水中开满漂亮的水堇花，一眼望不到边。淡紫色的花瓣儿，散发着阵阵幽香，盛开在枝头，茂密的绿叶犹如美女的秀发四散开来。如此美丽的花朵似有默契般如期盛开，亭亭玉立于水中，带给我渴盼已久的整齐、和谐之感。我的内心升起一股莫名的欲望，想让它为我所独有，渴望独享这份生命的华贵，独赏这份细致入微的美。

在那个静谧、明媚的午后，我任凭时光一点点溜走，在沼泽地上信步游荡，在不知不觉中将一座座村庄抛在了身后，但看似近在咫尺的群山依然那么遥不可及。一路走来，我时不时会经过一座孤零零的农场，偶尔会路过一座高大的灰砖砌成的机房，房子装着百叶窗，房内是运转着的水泵。那水泵像心脏一样缓慢而有力地跳动着，将沼泽地上的千百条小河的水抽进来，再把水泵出去，让它流向大海。我走过一片片田地，有的地里长满耀眼的金凤花，一眼望不到边，有的地里种着麦苗，在风中摇曳。我走着走着，最终来到一座小旅馆，它孤零零地坐落在那里，旁边是一艘渡船。旅馆的名字起得很有特色，叫“不用着急，这里通往任何地方都只有五英里”。在这里我受到了周到而盛情的款待，一颗漂泊的心感受到了温暖。仿佛我就是他们期盼已久的客人，他们是奉命专程来招待我的一样。倘若我事先被带入房间，看到形形色色象征着善与恶的物件，抑或是我事先已得到一幅画卷、一个瓶子以及一张路线图，我可能就不会这么惊讶了。我从未得此厚礼，直到后来离开旅馆，乘着老旧、发黑的木船渡过小河，我才幡然醒悟，意识到这份珍贵的礼物原来一直珍藏在我的心中。

那画卷展示的就是我目睹的一切，它描绘着人们的幸福与甜蜜；那个瓶子装的蜜液就是我心中的那份宁静；至于那张路线图则是再清晰不过，让我很容易就找到路径。这座人间天堂宛如那掩映在万绿丛中的青塔，近在眼前，清晰可见。

第六章

泉水与小教堂

很少有人能有幸在一天当中巧遇两件精彩至极的事，而我恰恰有此幸在夏末之际得以见到9月的真容，领略那片刻的风采。这里视野开阔，树林早已染上了夏末的色彩，投下浓郁的阴影。牛在田间游荡，人们正热火朝天地忙着秋收，整个村庄不见人影。至于我从何处来，要到何处去，这些都不重要。人们若是没有和我一样内心平静，我并不建议他们也去我曾到过的那个地方。

其中一个地方是我们专程拜访的，另外一个地方则是偶然经过的。我们随身携带的地图上显示有一处清泉，它位于一个人迹罕至的树林一角，以一位圣人的名字命名。虽然我从未听说过这位圣人，但这并不等于这位圣人在书中没有记载。

我们来到距离清泉最近的地方，然后从田地间穿了过去。那真是一个迷人的地方，在古代它应该是一处沼泽地，现在还有许多沟壑纵横，到处都是珍珠菜和水大黄。漫长的岁月中不计其数的水生植物堆积、沉淀，形成现在黑色的土地，踩上去既松又软，舒服极了。

左侧直接与一处白垩断崖相连，上面荆棘丛生，四周围绕着矮小的树木，野鸡在林木中穿梭。我们遇到一位行动慢吞吞的老人，他一脸和气，把手边的活计一扔，自愿为我们带路。多亏了他的帮忙我们才能顺利地到达目的地。我们来到一条小溪旁，看到那小溪上面架着一座厚木板桥，并安着栏杆。几个孩子在栏杆上面设了夹子，又放了几个坚果作诱饵，诱松鼠上当。平时松鼠特别喜欢在栏杆间跳来跳去，玩耍嬉戏。之后我们走进一处小灌木丛，那里浓绿、阴凉而且静谧，非常宜人，这就是我们要找的地方。在灌木林里有六个陡坑，都由白垩构成，坑口约有几码宽。六个坑彼此相连，且每个坑都有一个水槽与溪水相通。清澈无比的水哗啦啦地通过水槽流向小溪。这些陡坑能有几英尺深，在每个坑底都有一个浅浅的水塘，塘中积满落叶，构成一道独特的风景。水不知从坑的什么地方渗了出来，渗进水塘里。我们望向第一个陡坑，坑里本是寂静无声的，突然在水面出现一处漩涡，带出些微涟漪，在叶子的缝隙中反射出波光。水面的变化是如此之快，好像有个树枝或是某个小虫子突然从上面掉落进水里。然后一会儿这里动一下，一会儿那里动一下，然后又有五六个地方同时动起来，激起的波纹荡漾不已，彼此交错。我们一个一个看过去，所有的陡坑都出现了同样的现象。我们俯下身尝了一口，发现这水又冰又凉，纯净至极。带路的老人则在一旁喋喋不休地解释着为什么这么好的水却没有被很好地利用，以及它对眼睛有怎样的保健作用。他说道："这水很凉吧？这水不凉吗？天啊，不凉吗？"他赌咒发誓地说："这水对眼睛绝对大有益处！早上一起床就马上来这儿，用水洗眼睛，眼睛马上就会觉得舒服多了！"他翻来覆去念叨个不停，像只麻雀叽叽喳喳、喋喋不休。

我们付了点钱给他表示感谢，这使他万分感激，他嘱咐我们说："先生们，如果你们还会到别的什么地方，直接给它起个名吧。路上若是遇到什么人，就说佩雷特说的，肯定没问题！顺便说一下，我就是佩雷特。"虽然我没有证据，但我敢肯定，这句话的妙处就在于它是排除万难的制胜法宝。

我们一路不语，穿过田地往回走，心中仍然回味着刚才的景象。想想看，在炎热的夏日，一股清泉不断地喷涌而出，在阳光下反射出晶亮的光芒，四周飘荡着树木的清香；在月朗星稀的冬夜，一条小溪蜿蜒流向大海，掬起一捧溪水，它在手中宛如一颗灵动的宝石熠熠发光，掬水入口，沁人心脾。我对那位被借了名字来命名溪水的圣女心中充满了感激，我敢肯定没有谁会比我对她更加虔诚。

我们一路在静默中前行，我在脑中回想着那圣洁的泉水是如何涌动、反射出粼粼的波光，惊叹于泉水是那么清澈，透过泉水可以直接看到泉的四壁及底部的树叶。最终我们边走边想，来到了另一个目的地。同伴提示我说："这就是入口了。"

路的一边是一座规模庞大的农场，路的另一边是一间小小的门房，紧挨着大门。一位热心的老人把一把钥匙交给我们，并简单地交代了若干注意事项。我恍然觉得自己仿佛置身于《天路历程》之中，老人解释着，保持着礼貌性的微笑让我进到一间密室里，去看他准备的稀奇古怪的玩意儿。但是当看到向导用手指向一片开阔的土地，告诉我们穿过那片地就能找到进出的便门时，忽然又觉得这更像是传道者的做法。

这是一片开阔平坦的牧场，水草丰美。我们走过牧场，来到便门后，不禁觉得自己仿佛是身处荒岛，远离人烟。几头牛静静地吃着草，偶尔飘来几声青草被咬断的声音。门里孤零零地矗立着一座老宅，里面空无一人；墙上爬满常春藤，这让它看起来与其说是房子，不如说更像长满常春藤的花架。从茂密的绿叶中露出一小扇都铎式的窗子，像只野兽的眼在偷偷窥视着外面的世界。

离这儿一箭之遥是一条护城河，河水水位很高，两岸古树盘根错节。护城河的中心地带生长着茂密的黄杨树和参天的月桂树。我们沿着护城河漫步，来到目的地——一座白色的石砌小教堂。教堂四周种着美国梧桐，那梧桐树已有些年岁，但仍然枝繁叶茂。

教堂孤立于世，静默圣洁，古色古香，使我联想到了《亚瑟王之死》中的老教堂。它的周身都充满浪漫的神秘色彩，让人捉摸不透。它静坐在那里，似乎正思考着古往今来的林林总总；它面带笑容，为心地善良的人们悉心守护着小秘密；它拥有一份世间难求的平和。

教堂内昏暗、凉爽，空气中弥漫着古老、圣洁的味道。座椅零星地摆放在那儿，上方悬挂着几幅幕布。古代骑士和夫人安眠于此，他们的塑像一个挨着一个，安静地躺在那儿，头枕在手上，沉静的双眼望向远方，不急不躁。

据说护城河的中心岛上有过一座庄园，也曾辉煌一时。随着岁月的变迁，历经沧桑之后的庄园渐渐荒废、倒塌，最终化为尘土，踪迹全无。人们也曾在那里安居乐业、娶妻生子；孩童也曾在护城河边玩耍、嬉戏，长大后他们又拥有了自己的孩子，带着深深的眷恋重回故里；婴儿降生后被抱到教堂受洗；新人在教堂里接受温馨的祝福；隆重的葬礼也在教堂举行，随着钟声响起，人的一生落下帷幕，从此安息在那里。

此时此刻，我的脑海中闪过这里曾经有过的欢乐与哀愁，不禁追忆起那些素未谋面的人，他们享受过生活在这里的甜蜜，也见证了幸福时光的终结；他们了解关于这里的所有故事的始末。

当我们恋恋不舍地动身离开时，已经夕阳西下了。残阳如血，洒在树干上，给整个树林镀上了一层红色。牧场上方笼罩着一层薄雾，夜幕慢慢降临，依稀可辨远处的农场灯火闪烁。

我找到了我要找寻的宝藏！在这两处地方我所感受到的愉悦早已深深印刻在我的心底。每当我苦恼、疲惫、辗转反侧时，就想一想在黑暗的树林里那清澈的泉水微微泛着波光的景象；甚至在脑中回想一下护城河及小教堂的模样，思考一下它们所代表的意义，体会一下初见时心头涌动的喜爱之情。这些地方的美是那么缥缈，却又那么精致。我想知道，在这短暂而又艰苦的旅行中经常萦绕于心头的对平和与永恒的渴望，能否在这片偏远的土地上找到归宿。

第七章
布谷鸟的歌声

最近，我总被布谷鸟所困扰，甚至可以说被布谷鸟骚扰。小时候我非常善于观察鸟儿啊、动物啊等自然事物，但从不记得曾见过从篱笆墙上掉下来的布谷鸟继续歌唱的。平常偷听布谷鸟唱歌倒是有的，记得我曾听过一对布谷鸟对鸣，它们边鸣叫边靠近彼此。

后来，我对布谷鸟逐渐熟悉，今年甚至被它们弄得困惑不已。一天，当我骑车的时候，一只布谷鸟在我身旁跟着我沿着矮树篱飞了大约四百米，然后停下来，等着我。我看到了它那光亮的双翼还有那长长的尾巴，最后我下了车，它让我仔仔细细看了个够，看它那转动灵活的小脑袋还有那身漂亮而素净的羽衣。等它觉得我已看清楚了，便使出全身的力气发出一声响亮的鸣叫，然后拍拍翅膀飞走了。

它好像并不想离开我，但是这只美丽的鸟儿让我困惑，它到底想告诉我什么呢？我也像它那样希望经由他人之手帮自己孵蛋，仅仅满足于快乐地歌唱吗？

布谷鸟的这种习性真是令人匪夷所思：它竟情愿主动放弃这珍贵的筑巢、喂哺的机会，转而假借他人之手！这绝对不可能是精心筹划的，至少我们人类认为这是不可能的。不论是达尔文，还是其他信奉达尔文理论的研究者，他们都无法弄明白这到底是怎么一回事。总之，这成了一条永不更改的规则，无论是对于把自己的蛋丢进别的鸟巢的布谷鸟，还是对于欣然接受别的鸟蛋并悉心哺育的鸟来说，这一切都进行得那么自然，那么顺理成章。这种手段是如此之高，上帝的突发奇想是如此令人咋舌。自然界中这种不按照常理出牌的现象是最使我感到困惑的，因为这就像孩子的异想天开一样，令人难以捉摸，却又是在上帝庇护下进行的。繁殖、筑巢以及哺育幼鸟这一系列的过程看起来似乎有些怪异，尤其在此过程中还可能会有突发因素导致前功尽弃，比如鸟蛋被别的鸟儿偷走，或者被它们的天敌吃掉。有的人可能希望有那么一个规律可以永不改变，一直受到上帝的庇护，即使受到阻碍，也能被上帝解决。在鸟儿的世界里，这一规律发生了更加奇特的变动，变得更加迷雾重重。最为奇妙的就是人类对此现象的质疑和好奇。他们先进行观察，然后分类研究，却永远解释不清，无法进一步了解。上帝先制定一条规则，再弄出更多的规则来证明之前的

第一条规则是靠不住的。这一做法沿用了千百年，让我们这群好奇宝宝一探究竟，却总是不得其法。这真是令人眼花缭乱，重重叠叠，一环套一环。

这个漆黑一片、令人手足无措的地带突然变得豁然开朗，提醒人们注意不要把什么都当作理所应当的，思考问题要广开思路，不必为自己在人生盛会中所扮演的小角色过度焦虑，只要一步一个脚印、毫不迟疑地前行就好。

也许这就是你——这只高贵而动听的鸟儿——想要告诉我的话。是你让我重新忆起那尘封已久的春天的明媚，再次体验在听到悦耳鸣叫时那孩童般的狂喜。而过去的岁月只是在预示着夏日的到来，那夏日是如此热情洋溢，它只属于嬉戏、鲜花还有馨香。如今，布谷鸟婉转的歌声似乎为受困的我开启了一道自由之门。我一直以来困惑于冥思苦想和无解的难题中无法自拔，也曾做过徒劳的挣扎，是它的歌声让我明理、不再猜忌。哦，无忧无虑的鸟儿，你能否告诉我为何我是如此渴望要一探究竟？为何渴望要变得强大？

我又不禁想到，世上好多思想传统的人都希望人们通过由人类书写的经书去理解上帝的意旨，却忽视了人类是多么弱小；他们迫切希望人们接受他们对某些异常现象的解释，承认这是上帝给予的启示，却没想过他们的这些解释是多么无力。我们从来就没有真正留意过上帝的谆谆教诲。不可思议的奇迹每天每时每刻都在发生，但是我们却把它们自动排除脑外，只因为我们认为这一切都是再正常不过的事，请上帝宽恕我的说法吧。大量的古物让我们仿佛置身于人类尚未开化的时代，那时我们的祖先还不懂得堆土造房，仍然过着茹毛饮血的穴居生活。那个时候的布谷鸟已然具有巢寄生的习性，每逢产卵时节就在林中空地四周飞翔，一路歌唱着找寻合适的鸟巢，然后把自己带斑点的蛋产在里面。天地明鉴，如果我们能够解释清楚它的这种神秘的习性，那么它的行为就和奥古斯丁的救赎行为没什么区别了，都是一种奇迹。

布谷鸟执着于每年把自己的蛋产在别的鸟巢里，从不顾忌人类的猜测，也不在乎人类的眼光。而我们人类是否从未试图接受那些人类冲动、幼稚的想法，认为什么都是理所应当的呢？是否也认为人类的做法比布谷鸟更符合上帝的意旨呢？有时我会觉得，也许基督对自然界的看法并没有被全部记录下来；他语录的收录者只是基于世俗的眼光，一切为了人类的实用性考虑，他们可能没时间、也没能力把整件事清楚地记录下来，而留存下来的只言片语的大意就是告诫人们要心存仁爱之心，听起来似乎是已洞悉世间万物的实质。他们只记得基督曾因无花果树没有完成上帝的嘱托而责难过它，却忘了基督也曾悉心照料过绿草、百合以及麻雀和绵羊。无花果树的凋零隐含着一条寓意，即思维简单的人们也许无法理解对鲜花和溪水的热爱之情。如果在阴冷的北方，基督都能让人类活下来，那么他就能认真、轻柔地像当初对巴勒斯坦山谷中的鸟儿和鲜花那样，让质朴的布谷鸟唱出发自灵魂的歌，因为它是那么恭顺，那么全心全意地信仰上帝，当然这也需要人们愿意花时间用心去聆听。我敢肯定上帝会喜爱布谷鸟的，并且会原谅它借巢生蛋的无心之过。那些有着动听歌喉的鸟儿们如果没有顽强的决心去面对世间苦痛，那么它们就不会有闲情逸致，亦不会有勇气去美化自己的歌喉，让歌声变得更加轻柔、甜美。

然而我仍然无法参透真相，在上帝的指引下，我攀登过冰峰，也畅游过大海；见过凶猛的老虎，也看过可爱的布谷鸟；遇到过维吉尔般的恶魔，也接触过耶利米那样的圣人；见识过阿里里的圣弗朗西斯的无私奉献，也领略过拿破仑的铁血战争。他洞悉万物，哪怕是一声低语、一个微笑甚至是随意一瞥都不能逃过他的眼睛。他让我们经历种种，却一直默不作声，从未明示过我们，我们的猜测正确与否。

第八章

春的世界

昨天一天天气干冷，天空中乌云密布，那大团大团的乌云仿佛是将要西行的帆船，满载货物慢慢驶来。一阵风吹过，吹散了云团。天空中时而阴云密布，时而阳光乍现。

可是在深夜，一股带着暖意和芳香的神秘力量悄然潜入，有什么东西似乎开始改变了。今天当我与多年的密友走出小镇时，忽然发现春天降临了。花苞与嫩芽已然出现在枫树枝头；栗树也开始抽枝发芽；农舍的花园里长满了红海葱和雪割草；丁香花也吐出了淡红色的新芽；绿色的林间草丛里盛开着水仙花；篱笆上亦冒出青色；路边的沟渠里一幅精美的绿毯已经悄然铺开。

这一切都让人感到那么惬意。鸟儿在轻柔地鸣唱，高大的榆树长满了红色的嫩芽，在和风中摇曳。这满眼的美景令我们目不暇接、忘了言语，亦令我们心中生出一丝倦怠之意，沉醉在这片静谧之中。

我们路过一座村庄，村里一位音乐爱好者为他的左邻右舍办了一场小型音乐会，当然我们这些过路者也有幸聆听。我们这些不请自来的路人就站在那里，倾听着那优美的小提琴曲带着些许大提琴的悠扬从一间教室里飘了出来。

在一个人精力旺盛、体力充沛的时候，往往会忽视这些外在因素的影响。他的注意力全部集中在美好的憧憬上，就好比鸟儿在鸟笼里专注于拍打金色的翅膀高声鸣叫一般。不过在这倦慵的早春时节，人的身心都松懈下来，向往快乐的灵魂会通过外界的感官捕捉到一闪即逝的美丽，正如在烈日炎炎的一天，一个口渴难耐的孩子痛饮下一杯泉水后，心中会久久怀念着那瞬间的清凉。琴声渐弱，我们站在外面，充满同情地看着那些挤在房间里的人正用老套的客气话交谈着。我们在外面站了片刻，向里望去，透过一扇门我们能看见一座乔治亚风格的宅子的正面。它是一座暗色的砖房，风格冷硬，并用灰色石头装饰外角和墙面。厚重的白色窗框，窗内漆黑一片，圆顶的天窗，门前几级台阶，四周的草坪修剪齐整，仿佛给灰色的砾石路面铺上了一层绒毯……这一切的一切构成了一幅美妙的画卷。而道路两旁种满了暗色的紫杉，仿佛给这幅画卷镶上了一个画框。这样的场景让人很难想象它就真实地存在于这个躁动不安的世界里。它的存在让人感到心静，仿佛只应属于过去的岁月。我们继续漫步，从一座高大的白色木板搭建而成的磨坊旁经过，那磨坊的木板上积了一层厚厚的面粉，机器的齿轮吱吱嘎嘎地转动着，水声雷动。

我们走过一座小桥，沿着原野旁边的小路继续走。看这干燥的耕地和广袤的草场，它们的色彩是如此淡雅清新！不一会儿我们就来到了一条大路旁，这条古老的大路直接通向丘陵。在这样慵懒的春日里，我们就像雪莱描述的那样信步漫游。我们走进原野，踏上这条大路，一路上荆棘丛生。我们一路走去，慢慢地，车辙之间白色的石灰石逐渐显露出来，不久我们便到了丘陵的顶端。在草场的中部，一座小小的圆顶坟墓出现在我们视野的左边。这类坟墓在地势较低的地方也能经常见到，只不过我从未走近了仔细瞧过。这座修在丘陵上的坟墓看起来更新一些，也显得更冷清一些。等我们走近了仔细一看，才发现原来它根本不是什么坟墓，而是一小块露出地表的石灰岩，它的一侧极为陡直，上面散布着一个个的小洞。站在青草茂密的山顶，远处的原野和平原尽收眼底。

我们一路上谈论了好多话题，当我们站在山顶的时候竟然不知不觉中讨论起了友谊的话题，提到了两个志同道合的朋友之间的友谊是多么深厚，多么令人身心愉快。这种友谊绝不会因为时间的推移或少有联络而有所改变，是友谊当中的最高境界。拥有这样友谊的人不会因为友谊受到某些因素的影响而牢骚满腹，不会头脑发热地去刻意维持这份友谊，亦不会因来往减少而心生怨恨。也许某一天因为环境的改变，两个早已生疏的朋友又能重聚在一起，关系又变得亲密起来。我的同伴认为这种关系对他而言并不陌生，正如要解决如何确保每个人的个体身份在现世与复活之间能够保持不变的一致性的问题一样，在生活中比比皆是。他对我说："假设两个人在失去联系近二十年后又重逢了，那么我们讨论的这种友谊就会又恢复过来。可是一个人不可能一成不变，他的外貌会有所改变，处世态度也会有所改变。据心理学家说，在这段时间里，人的躯体会发生翻天覆地的变化，但是他的情感、他心中所珍藏的这份友谊依然存在，且不曾改变。如果人的思想会随着生理的改变而发生改变，那么这种友谊就不可能再持续下去了。当然，抛开人的身体不管，只研究人的思想认知也是不太可能的。唯一我们能够洞察的事物就是我们自身的身份，也就是我们区别于他人的特质。我想知道即便某种情感能够在躯体发生改变后依然存在，当这副躯体不再存在了，那么这种情感是不是也无法继续存在了呢？"

"真的是这样吗？"我问道，"一缕阳光透过百叶窗的缝隙照进来。我们仔细瞧，能看见光线经过的地方飘浮着数不清的尘埃颗粒；也正是因为光照射在这些尘埃上，才使得我们能够意识到光的存在。但这些尘埃却一直在发生着改变。虽然光一直在变，但是光线却有着一个明显的个体特质，光线照亮了物体，自己一直保持不变，难道人的精神不能同光线的原理一样吗？"

时间过得飞快，转眼夕阳西下，落日余晖投下了斜斜的阴影，暗示着我们该下山了。我们慢慢走下小山，穿过草场，重新回到来时的路上，彼此道别。在我返回住处的路上，曾一度在一座漂亮的庭院边驻足。这座不起眼的庭院修在一处大房子旁边，地处小镇边上。院内大树参天，各色春花和植被遍及各处，享受着春日的暖意。在这阳光明媚的春日里，远处的碧空让人心生宁静。就在这里我邂逅了另一位老友，他是一位早已退休的作家，远离俗世，避世于自己的天地里。他双目炯炯有神，总是跃跃欲试，身材高大，给人一种神秘莫测的感觉，他与俗世已没有多少牵绊。我们聊了一会儿家常，偶然间提到了他的健康问题。他告诉我说，几天前他去看了医生，被告知健康状况有些令人担忧。我试图安慰他，却被他拒绝了。尽管他尽量语气轻松，强颜欢笑，但是我还是能够感受到笼罩在他心头的阴影。

我转身要离开时，他突然抬了抬手，对我说："听，那鸟儿在唱歌！"我们不再出声，聆听躲在树叶中的画眉鸟那如笛声般悦耳的鸣叫以及鸽子发出的轻柔的咕咕声。他接着说道："听这美妙的声音，它们能给人带来一种难得的愉悦！"他面带苦涩地笑了笑，步伐轻快地离去，不一会儿，身影就消失在树林里。这世间怎么会有这么多令人悲伤的事呢？眼看着我的朋友带着孤寂与悲伤离去，我却无能为力。而周遭这一切却恰恰相反，充满了满足与甜蜜：鸟儿是如此快乐并满怀希望，而花花草草则为自己仍然生机盎然而感到窃喜。这一切到底有什么用？如何才能看到希望的光芒？一直以来历经阻碍寻寻觅觅到底是为了什么？

无论如何，今天对我来说尤为难得，像是淘金般实为不易。在热闹的场面或活跃的氛围中很难体会到这种感受，而今天我却神奇地体会到了。生与死、喜与悲，如此对照鲜明的两种事物，早已被我掀开了神秘的面纱。我一直崇尚自然，既具有它的热情与喜悦，也拥有它的活力与激情。与此同时，我也看到了隐藏的另一面，看到了面对神秘的死亡、被无形的哀伤笼罩的孤独的灵魂。对此，大自然的呐喊与躁动抑或令人神往的遐想都显得无济于事。

转念又一想，刚刚在山丘上的苦思冥想看起来是那么迷人且神秘，可是对于被愁云笼罩的灵魂又能有多大的帮助呢？

在我的眼中，在这个初春的首日，纯洁美丽的花朵含苞待放，恣意于暖阳中；与此同时，苦痛哀伤之花也悄然绽放，或妖艳，或惨淡。不过我一直坚信，只要一个人有决心、有耐心去为之努力，早晚有一天，这些苦痛哀伤之花也能化作灵魂锦绣中的一笔。

第九章
野兔的悲惨遭遇

我刚刚读过一个故事，内心充满无助与困惑，亦带着一丝悲愤，我被莫名地感动了。故事是这样的：在北部小镇的中心有一座工厂，一天清晨，工厂开门了，一名工人打算把墙角的一个圆桶搬走。忽然，他看见什么东西蹲在桶的后面，他猜那也许是只小狗或小猫，他用脚轻轻踢了它一下，结果一只大野兔跳了出来。我猜在前一天晚上，这只可怜的小家伙可能在小镇附近的田地里遇到了一只狗，它被吓坏了，于是沿着街道一路逃命，在凌晨时分来到这里，看到圆桶就一头钻到了后面。工厂锁门后，它被困在了里面，徒劳无功地四处逡巡也无法脱身。后来在这可怕的陌生环境里它睡着了，且睡得极不安稳，时不时还会被惊醒。

发现它的工人朝着正走进工厂的另一名工人大喊，于是工厂的门全部被关上，这只可怜的野兔被一大群兴奋不已的工人追赶着，四处逃窜。它藏进了一堆厚木板的后面，结果木板被搬开了；它被吓坏了，拼命挣扎着从弯着腰想捉住它的人的头上跳了出去；它又躲进了水槽后面的角落里，结果又被人用棍子赶了出来。这场追逐持续了半个钟头，直到它逃进了一个车间，最终绝望地放弃了挣扎才算告一段落。野兔气喘吁吁地蹲在那里，长长的耳朵垂在了脑后，漂亮的眼睛瞪得大大的，充满了绝望，似乎搞不懂自己到底做了什么，人们这样对待自己。故事的结局是:在一阵击打之后，野兔悲哀地死去了，最后野兔了无生气、血肉模糊的小身体被交到了第一个发现它的工人手中。

没有人对这只可怜的小东西表现出一丝一毫的怜悯，他们兴高采烈地回去干活了，仍然沉浸在无尽的兴奋当中。这可是个有趣的话题，至少能聊上一个星期，而那个给野兔以最后致命一击的人则因其动作灵敏而成了英雄人物。其实，这些残忍的人也有温柔、感伤的一面，也会对苦难者施以同情，也能对妇孺加以体贴。可是就在刚才，一股原始野蛮的掠夺冲动从他们的心底直接释放了出来。责备他们的残忍似乎是行不通的，即使责备了也会被认为是愚蠢的行为，是同情心泛滥。即使野兔是在毫发无损的情况下被活捉的，恐怕也不会有人愿意出高于买死兔子的价格购买它，从而避免一场血腥的杀戮。

毫无疑问，世界上的野兔有许许多多，不过既然创造了这么无害、可爱的小家伙出来，却又对它置之不理或无法确保它的安全，这实在是令人费解。野兔是无辜的，不能说它就应该受到如此虐待；而此一时遭受磨难彼一时得到弥补的说法也无法令人信服。很难想象这只敏感的小东西所承受的极端恐惧与折磨是因被人忽视或是故意虐待所致，说它死有余辜也无法令人接受。参与捕捉和杀戮的人的行为令人唾弃。与此同时，因这个故事产生的愤怒与同情似乎显得更有道理。这个野兔的故事告诉我们一个什么道理呢？那就是：一定有某种神秘的力量使人们做出这种无端的杀戮，也使人们在面对某些事情感到无能为力时会感到悲愤，甚至于能够阻挡人们去揭开它的神秘面纱。

当我写下这段文字的时候，野兔那沾满血污的身体、那充满对死亡的恐惧的双眼以及那对充溢着嘈杂追捕声的柔顺的耳朵……都历历在目，使我重新陷入哀伤的情绪之中。这种感觉会让人觉得越是近距离地观察这个充满悲伤与无奈的世界，越是想急切地远离它。

第十章
梁龙的故事

最近我读了一篇关于在美洲发现的一种叫梁龙的动物化石的报道，不禁开始浮想联翩。我不太清楚这个名字从何而来，大概就是指某种动物有“两倍多”的意思。可能是两倍多的事物，也可能是占据了两倍多的空间。无论如何，这应当是个比较贴切的描述。这种生物属于爬行类，像个体形巨大的蟾蜍或蜥蜴，大约生活在三百万年前今天的加拿大地区。那时候要比现在炎热得多，在一片可怕的冒着热气的沼泽地上生长着茂密的植物、高大的棕榈树以及有树那么高的蕨类植物。梁龙身长大约一百多英尺，外皮粗糙黝黑，行动迟缓。尽管梁龙体形庞大，但是它的脑容量只有鸽子蛋那么大，所以梁龙不是很聪明。它的大嘴巴里长满了发育不全的牙齿，却不能用来咀嚼食物，只能把柔嫩多汁的植物茎啃咬下来，并把它作为赖以生存的食物吃掉，一只梁龙每天大约能吃掉一个小型草堆那么多的草。梁龙生活的沼泽地毒气缭绕，终年少见日光，暴雨肆虐。雨水渗入昏暗狰狞的森林里，然后再在长期热带日照的作用下不断发生变化，再从森林的空隙中蒸发出去。就在这个炎热昏暗的世界里，梁龙慢吞吞地走着，边走边觅食。梁龙的寿命大约有一百年，它用它那不太聪明的小脑袋爱着自己的幼崽，对它们充满了母性的关爱。梁龙的天敌不算多，不过经过长期的发展变迁，一种食肉类恐龙崛起并把梁龙作为容易捕食的对象。之前我提及的那只梁龙可能是在饮水的过程中自然衰老死亡的。森林中一条大河缓缓流过，河两岸芦苇丛生，而那只梁龙就站在由河水冲刷形成的一个小水塘边饮水，它死后庞大的身躯迅速没入水塘。一想到它的尸体在这种情况下迅速腐烂就感到一阵阵反胃，不过这个腐烂的过程应该很快，然后它的遗骨就深埋在水塘之下了。

当时地壳运动极其频繁，时而高山夷为平地，时而平地隆起高山。而那只梁龙葬身的那片森林恰好沉入海中。接下来的岁月里，海泥不断沉积，至少三英里深的海泥堆积在那片森林上面，从而保持了森林的原貌，就连细小的枝叶都完好无损。谁也不会料到在若干个世纪之后，这只梁龙会重见天日。一天，地壳又发生了巨大的变迁——一个纵贯美洲板块的山脊地带上，有一小部分受火山运动的影响而隆起，从而埋葬着那只梁龙的地方拱出海面，高出海平面约有一英里。

梁龙头部上方成了一处丘陵地带，后来成了连绵的雪山。在接下来的日晒雨淋的作用下，这里成了白垩地带。受河水改道的影响，这里一再东移，最后变成了现在的模样。这片曾被埋葬的热带森林终于重见天日，到处都是石化的树干及化石木。而那只梁龙葬身的小水塘所处的位置成了所剩不多的几处白垩地带中的一处，隐藏在山丘的裂缝中。就是在这里，人们挖掘出了那只梁龙的颈椎骨化石，这块不为人知的化石激起了人们浓厚的兴趣。在接下来的挖掘中，更多的骨骼化石呈现在人们面前，尽管有些部分已经不见踪影，但是人们又挖掘出了另外三只同类恐龙骨骼，终于拼成了一副完整的骨架。

这只梁龙的故事改变了我们的想法，一直以来我们已经理所当然地认为，有文字记载的历史才是世界上最为重要的一部分。但是现在，我们必须清醒地意识到，记载下来的人类历史仅仅是沧海一粟，还不足整个历史的千分之一甚至是万分之一。恐龙化石的出土到底向我们传达了一个怎样的信息？它的意义究竟何在？冥冥之中有股巨大的力量操纵着世间万物的生死，却始终保持着神秘。那只梁龙可能从来都没有想过自己是怎么来到这个世界的。自从出生以来，它每天要做的就是在炎热昏暗的森林里四处爬行，觅食，饮水，休息，还有繁衍后代。在整个发展史中，比较奇妙的事件就是一个新的生物的崛起，那就是人类。人类尽管势单力薄，但仍然能够通过研究、思考和发展教育把逝者生前的情况重构出来，在我看来最为精彩之处就在于人类敢于追根溯源探寻世界的难解之谜。不过我们似乎从未真正了解过这个神秘的世界，我们降生到这个世界，有幸与上帝生活在一起，并能够观察研究周遭的一切，可是却参不透上帝的心思。大自然庄严而壮丽，它一直默默地注视着我们，允许我们去质疑、探索、研究，却不让我们找到答案。我们所信奉的宗教宣称能够阐释和解读上帝的宗旨，但在大自然高深莫测的眼神注视中，它显得那么脆弱、教条而又自负。我们最为宝贵的人伦道义及怜悯之心在这种强大而神秘的力量面前变得如此苍白无力。

我想，即便如此，生命金线仍然在黑暗中闪闪发光，即便经历了过去的林林总总，我们所谓的知识和信仰尽管不堪一击却仍然存在；只不过即使最先进的技术也是在上帝的引导下产生的。如同那只梁龙从上帝那里获得了盲目的冲动一般，这就是我们从上帝那里获得的恩赐。我们亦获得了强大的信念，只有它能够给予我们梦寐以求的平和。它使我们相信，我们尽在上帝的掌控之中，无一遗漏；它使我们懂得，在上帝面前没有高低贵贱之分；它让我们意识到，在上帝规划的蓝图中，每一个渺小的我们都有自己的一席之地。这就好比巨大炙热的太阳与浩瀚大海中的一个水滴是等同的。它就在那儿，不可毁灭，带着威严，不可侵犯；能够进行无数次的重组，可以不断进行修正，但是它的存在感是无可辩驳的。

这是永恒的真理，尽管理解得不是很透彻，尽管没有一贯地执行下去，可是它应当让我们获得些许信心与耐心。在不经意中我们可能没有过于在意它；在痛苦悲伤的日子里我们可能觉得它毫无用处；但是这绝不影响它是真理的事实。随着我们对真理的不断追寻，我们这些凡夫俗子会越来越相信真理，也会为接受教诲做出更加充分的准备。这些教诲就是大自然内心深处最想让我们懂得的，也是上帝试图要教给我们的，或者说至少也是上帝希望我们尽可能接受的。

第十一章

邂逅飞虫

有时真的很奇怪，明明是一件微不足道时有发生的小事，却可以忽然让你陷入无止境的沉思中去，那沉思让人感到苦涩，有时让人感到无依无靠。

不过这也不是什么大事，今天我在乡间小路上悠闲地骑着车，突然一只小虫猛地撞向我的眼睛，那速度快得就像鱼雷一样。眼皮本能地闭上，但还是慢了一步，小虫闯进眼中。这种飞虫又小又硬，生命力顽强，而且还能分泌出一种有毒液体——辣辣的，带着类似于藏红花的味道，这一切都在瞬间发生。我用力地揉着眼睛，估计那小虫已被揉碎了吧。可是我没法把它弄出来，身边也没人能帮我。我的眼睛被弄得又痛又肿，折磨了我一两个小时后，支离破碎的小虫才从我的眼中随着眼泪流出来。

这本是小事一桩，却使我陷入深思。首先，对于这只小虫来说，这就是一场灭顶之灾。原本它在花香四溢的夏日和风中飞舞，享受着暖暖的阳光，犹如得胜归来的战马，惬意万分；突然“啊呀”了一声便一头撞进一道裂缝中，炎热、黏稠难以逃脱，并且很快就被揉碎。它在花花世界中只做了短暂的停留便销声匿迹了。而对于我来说，惬意的时光就这么莫名其妙地毁于一旦。

这时也许有人会说，这只是一个偶然，我们在这世上的唯一希望就是认为万事没有偶然。人们相信，或是尽量让自己相信，上帝在他心中也为这极其渺小的生物留有一席之地，甚至一只不起眼的小麻雀也如基督所说的那般享受着上帝的照护。神学家们宣称死亡因罪过而降临，然而这种说法却存在着矛盾之处：无论是人类还是动物都会经历苦痛与死亡，如果说人类是因为自己的或先辈的罪过而要遭受痛苦与死亡，那么动物们没有罪过，却为何也要面对痛苦与死亡？世间万物的死因一定都是一样的吗？而万物生灵遭受痛苦与死亡皆是由人类的罪过导致的说法更缺乏说服力，因为早在人类出现之前的远古时代它们就已然在经历着痛苦与死亡了。

如果上帝是万能而博爱的，那么我们就会全然相信这一切的苦痛与死亡都是上帝赐予我们的，而且绝非出于恶意。而与之相反的理论则是我们人类是善恶集于一身的力量的推动者，这种理论哪怕只出现瞬间也会颠覆一切认知，令人难以接受。

有没有可能是因为罪与罚的原则也适用于低等动物呢？它们因自己的罪行而接受惩罚或洗心革面。那么那只小虫是否因闯入我眼里而要接受被揉碎的惩罚呢？它的死亡是否会使它的灵魂得到升华呢？我无法说服自己去接受这种说辞。也许某位贤明的神学家会说，世间万物都是平等、一样的，上帝给它关上一道门，就会再为它打开一扇窗。对此我并不否认，但也不敢苟同，因为我找不到证据来说服自己。我认为之所以这么说是因为人们想要证明上帝是无所不能的，是博爱的。然而自然界中以及人类生活中存在的好多现象都与之相悖。

也许有人会说瞬间发生的小事微不足道，可是这类小事却在世界各处不断发生。寻求真理的唯一科学办法就是用大量的事实说话。这只小虫实在是太过渺小，在大千世界中无足轻重，但它是为自己而存在的，它所感知的领域就是它的整个世界。

传统的宗教哲学家认为人类是万物之首，是万物的主宰，上帝关注的主要是人类的命运。他们坚信世间万物都是为人类而造、为人类所用，是为了使人类的生活锦上添花。不过，这只小虫闯入我的眼中可没给我带来多少快乐。也许那些乐观主义者会说小虫闯入我的眼中是要教我学会忍耐，别总是想着自己，但事实却是飞虫入眼引起的疼痛反倒使我更加关注自己。这件事把我从一个态度温和、懂得享受生活的哲人变成了一个性情急躁的悲观主义者，因为飞虫入眼，似乎任何一方都没有得到好处。当然，如果说生活中有喜就有悲，那么这只小虫并不算幸运，就我个人而言，我的道德也没有什么提升。在此之前，在工作之余我忙里偷闲，呼吸呼吸新鲜空气，活动活动筋骨，绝不妨碍任何人，所以也就谈不上飞虫的闯入能暂时制止我损人利己的行为。

此时，可能又有人会说，人不应该整日沉浸在对这类事情的空想中，人应该用平和的心态去看待艰难困苦，而不是纠结于小飞虫的死法或眼睛发炎的小事上。如果一个人总是纠结于无聊的刨根问底，那么谁也帮不了他。这类人会这样说:“哦，你的眼界必须再宽一些，眼光再长远一些，别为了琐事伤神!”但是，上帝的无所不能应是体现在当他可以对世间万物都宽容以待时，也可以从最低微的角度来公平看待微不足道的小事！对此种说法我会欣然接受。

那么我的出路又在何方呢？这个问题很让人伤脑筋，我尚未想出答案。我终日被无休止的问题所困扰，甚至会觉得上帝根本就不像我们所想的那样是万能的、公平的、博爱的，他没有过多怜惜苦难者，也没有特殊关爱过生物。自然界的发展规律似乎正在证明这一观点是正确的。假设这种说法是对的，那么我将陷入无尽的困扰当中。原本我们心目中的上帝是那么庄严、美好且给人希望，但我必须承认这种可怕的想法推翻了之前对上帝的印象，它神秘莫测，重压在人们心头，使人感到希望渺茫，让一切都成为徒劳。

我的思绪又重回信仰和希望上，我希望周遭的一切都安好，真心实意地渴盼身边的万物生机盎然，幸福快乐，我觉得我的这种祈盼与上帝的意旨是一致的。如此一想，我的心不禁沉静下来，并坚信一定在某个地方苦难也会蕴藏着幸福和美好，即便是死亡也不再令人感到恐惧，这样的地方也许远在天边，也许近在眼前。

我在夏日的骄阳下骑行，透过薄雾向远方望去，依稀可见在那树丛之后一座教堂高高地矗立着，教堂的大门若隐若现，也许那就是通往死亡之门，它在阴影中静默等待，等着我们的到来。对于身体强健、心情愉悦的我来说，那扇死亡之门似乎是不祥的，令我望而却步。可是在我迈过门槛之后，深色的拱门及两侧透着神秘气息的窗子映入眼帘，此时此景，我还应该有此感吗？也许那只是一个凉爽、静谧之所，容易勾起人的回忆，空气中时常回响着优美的颂歌。小小的飞虫变得了然，它洞悉了这里的精髓，只留下教堂的躯壳，成为人们精神的休憩之所，它华丽却也脆弱，经年之后便会倒塌，化为尘土。

第十二章
农场见闻

我住的房子旁边是一处院子，每次路过院子我都会驻足片刻，满怀兴致地观察院子里的牲畜和家禽的一举一动及生活习性。有时一想到自己在这件事上花费了那么多的时间会不禁感到汗颜。我无从得知那些猪猡是否在意我的注视，在我的眼中，它们是自天堂堕入凡间的，聪明能干，且充满好奇心。在被驱赶的过程中，它们并不像牛羊那样温驯，那么遵规守矩。猪猡是多疑的，也是谨慎的，它们很确定行走中有什么不对劲儿的地方，知道这对它们自己会有所不利，如有必要必须予以制止。住在脏兮兮的圈里让它们倍感不适，它们眨着小眼睛抬头看你，视线只及你的膝头，似乎在表示如果可以，它们愿意住在一个更干净的地方。看到猪猡总是不禁联想到荷马笔下的受塞丝女妖迷惑的水手们。这些猪猡的身上充满了人性，似乎正在尽力保持着镇定，忍受着眼前的生存环境，期待有朝一日可以得到救赎。

与猪猡不同，牛给人带来一股平和之气。它们皮毛光滑，轻吐着气，怡然自得，慢悠悠地咀嚼着青草，享受着反刍的乐趣。这一切不禁使人转变观念，觉得素食主义也是个不错的事物。牛如此单纯而体面，让我总是感到“牛”这个称呼配不上它们，因为“牛”字毫无诗意可言。为了让这个称呼能够配得上它们的温文尔雅，人们只好用“牛”的古代叫法来弥补遗憾，因为古语的“牛”听起来更加文雅、更好听些。

农家院里最有趣的要算那些家禽，我一直很怕火鸡，却不得不承认院里有一只年老的雄火鸡让我肃然起敬。它的目光带着一种高傲与挑衅，垂肉因屏息而鼓胀起来，尾巴高高翘起，像是远航的船帆，双翼夹紧，趾高气扬地快走几步，然后缓慢转身，那气势就像一位身披长袍的王者。它高高在上，傲视一切，气势凌人又荣耀无比。

再看看院子里的公鸡、母鸡们，你会发现那公鸡也是极其有个性的。它们双目圆睁，鸡冠血红，那架势就像要把什么生吞活剥了一样。事实上，公鸡的胆子是最小的，除了表面上一副好斗的样子，根本谈不上威风凛凛。它们高声啼叫，会让你觉得它们在向世人挑战，此时此刻，它们会向四周张望，一副心满意足的样子，似乎在宣告：“瞧好了，谁要是敢惹我，我可不会客气！”可是一旦发现危险，它们会马上仓皇逃命，哪里还有斗士的影子？它们跑得比谁都快，不顾一切地逃命，逃得无影无踪。

今早我留心观察了一下院子里的母鸡，看到它们正躲在路边的一块岩架上避风，岩架上落满了尘土。我不敢断言它们是否和以往一样快乐，但至少这一天它们凑在一起嬉戏打闹，很快乐。它们或站或躺挤在一起，机警地瞄着四周，头时不时地快速转向一方。有时，有的鸡因为长期保持一个姿势而感到乏味，便慢悠悠地抬起一只脚，低下头去，快速地抓一下，再抖一抖无精打采的羽毛，机警地环顾四周，似乎在警告别人："谁若是敢笑我，我会让它后悔的！"有时，有的鸡会先专注地刨刨泥土，再转身，仔细地审视这个地方，小心地啄起一个极小的东西。有一只母鸡死死地盯着同伴的脖子片刻，然后迅速地啄上一口。还有只鸡在土堆中坐下来，用脚轻轻地扫了几下，调整好姿势让自己更舒服些。有时它们"咕咕咕"地低声慨叹，一旦有马车经过，它们马上起立，似乎要不惜一切代价守卫自己的要塞。这时路对面的房子里走出一个女人，这些母鸡马上穿过道路蜂拥而至，那种迫切感让人觉得能否及时到达似乎是件生死攸关的大事。它们的一举一动极具戏剧性，无一不令人感到惊叹。

还有什么比看见一只母鸡找到一大块食物却不能一口吞下的场景更令人捧腹的呢？母鸡丝毫不懂得耍手段，它的举动引来了同伴的注意，更多的母鸡向它聚拢过来。它叼起自己的宝贝食物撒腿就跑，显得不知所措，终于甩掉了后面的追兵，放下口中的食物并用力地猛啄几口。可是好景不长，它的同伴接踵而至，新一轮的追逐又开始了。

如此追逐持续上演了足有半个小时，最后，它实在走投无路了，便拼尽全力一口吞下剩下的食物，身体因哽噎而不住地颤抖。食物沿着食道下滑，把它的脖子撑得鼓胀起来。它望着困惑不解的伙伴们，摆出胜利的姿态。

只要你用心去看，就会发现鸭子也能给人带来一丝快乐。一队白鸭子摇摇摆摆地走了过来，它们迈着优美的步子，把头抬得高高的，小心翼翼地看着周遭。鸭子的队伍很长，仿佛是在进行宗教游行。领唱者走在前面，其他成员紧随其后。它们的行为方式也像是在进行某种宗教仪式：好像事先得到指令一样，它们一路叫着凑到一起，排成一队，随着一声嘶哑的叫声，嘈杂声戛然而止，然后是一片死寂。在母鸡吃食的时候鸭子蹒跚而至，这场面让人难以忘怀。鸭子们脚步沉重地踏在草地上，步履蹒跚，却一心一意地要加入进来；它们吃得那么忘我，仿佛已经有几个月没有吃过东西了。

农家院子里的所见所闻不仅带给我乐趣，也让我看到它所暗示的双重寓意。一方面，它寓意重大却不为人知，暗示着这些小生命全身心地投入生活中，认真地过着每一天。它们做什么事情都是一心一意，对它们来说，觅食是世界上最重要的事，满足感也是一种美德。但同时它也暗示着消极的一面——我们人类的生存需要这些野生动物，因此我们为了满足自己的需求而驯化它们，从来没有对此质疑过，做得是如此心安理得。可这些动物对此却毫不知情，不仅没有从世世代代的惨痛经历中吸取教训，认清人类的意图，反而与人类越来越亲近，越来越依靠人类。然而我们人类又了解多少它们的想法呢？在某些方面它们表现得非常无知，可在有些方面它们又非常聪明。我们无法与它们进行思想沟通，无法向它们做任何解释。它们有难时我们会同情，可是却无法向它们表达我们的同情。鸡群里有一只矮脚鸡，个头儿不大却惹人喜爱，近来染上了某种莫名的病症。它与其他的鸡一起跑到前门等着喂食，雀跃不已地啄食着撒在地上的谷粒，可是很快它就体力衰竭了。它难过地走到一边，坐在一旁默不作声，眼神无光，羽毛凌乱。也许是它不明白自己为何不能像以往那样敏捷、活跃，搞不清楚自己到底怎么了？一个人可以什么也不做，可以不把心中的同情溢于言表，可是尽管如此，人们还是尽力去相信、去感知这样的病痛折磨不是偶然发生的，也不是平白无故就出现的。如果一个人不相信“受造之物期望等候神的众子显现出来”的说法，他又该如何接受它呢？

第十三章
了不起的艺术家

我最近一直在读一位了不起的艺术家的生平，心潮起伏不已。这本生平介绍文笔细腻、充满感情、文体优美。作者是这位艺术家的妻子，她与丈夫相伴多年，似乎多多少少受到了丈夫的影响，写作风格简单又不失情感，如果她的丈夫的风格像那炙热的阳光，那么她的风格就像阳光照在月亮上后，从月亮上折射出的一丝清冷的光。她的风格仍保留着自己的个性，与丈夫的风格相似，这与老年夫妻表情相似是一个道理。夫妻二人共浴爱河，融为一体，在历经岁月的洗礼后表情自然会有相似之处。

在这位艺术家本人的作品中，言语间有着一种孩童般的纯真，语言并不华丽，情感却感人至深。他流露出的对朋友的爱充满了真诚，毫无无病呻吟之嫌。我个人认为他的风格与多数艺术家的风格并不雷同，通常来说，当研究某位艺术家的特质时，总是能感觉到他的精神坚强而充满激情。当然，艺术气质总是带着很强的感受，而它往往被误认为是某种情感。不过这种感受不会是无私的奉献精神，因为后者要求人们要去付出、给予，要为自己所爱甘愿做出牺牲。毕竟人的这种感受不能同侍二主，对于一位出色的艺术家来说，最主要的爱奉献给了艺术，与之相对的罪则是最根本的、不可饶恕的。艺术家热切追求的是美好的意象，最关心的则是如何把这些美好的意象在作品中表达出来。许多艺术家迫切渴望、需要爱的情感，这却不是最终目的。他们需要的爱只是为艺术之火服务，艺术之火是神圣的，而这种爱就是保证艺术之火得以燃烧的燃料，只不过这个燃料实在是太昂贵、太难得了。如果人们审阅艺术家的生平记录，就会发现这一规律，毕竟对自我表达的渴求是难以避免的。也许艺术家本人并未意识到这一点，他们总是认为只有对生活的深切体验和极致的情感才能使自己的作品饱满而充实。我记得有位伟大的音乐家是这样评价一个前途无量的年轻人的音乐作品的：“不错，这首曲子很美、很纯净，从技术和表现手法上来说是完美无瑕的；可是这还不够，它还有待改进。它所欠缺的是你对这首曲子的真情实感。”这位年轻人没有被传统的艺术规则束缚手脚，心中充满了活力与情感，但是却欠缺了对自我表现的迫切渴望，因此他看待生活的角度发生了偏差。也许他也想抓住所有美好的事物，他也钟爱大地，也欣赏山川与原野的壮丽，也对艺术充满甜美的梦想，也为音乐的魅力而痴狂，但是他没有想过用自己的眼光去深度研究，或是用自己的方式予以表达。这就像小孩吃饭一样，只知道把饭送入口中，从未细细品尝个中滋味。他关注的不是它是否能够打动他、对他有多大影响，而是它就客观存在在那里。这样的人也许会在微妙的人际交往中获得最深切的体验，他会非常希望自己所在乎的人能够获得幸福，为此他不惜替他们扫除障碍、减轻负担，只想给予，不计回报，最终迷失了自我。我想也许这就是在艺术领域中取得成就的女性寥寥无几的原因，即便她们有再强的艺术感知力和理解力，也不会让艺术高于生活，因为她们太在乎身边人的幸福，只有在帮助他们获得了幸福后，她们才会感到深深的满足。有的女性天赋极高，但为了成全只顾自己发展的艺术家而牺牲了自己的事业，这样的例子比比皆是。这种关爱中总是掺杂着某种同情，与母亲对待自己孩子的感情相似。面对孩子的天赋和对某种事物的渴望，作为母亲会施以同情，义无反顾地投其所好。尽管母亲深知孩子渴求的不一定有多重要，但她仍然愿意为他全力以赴。做出如此牺牲的女性并未觉得自己在退而求其次，她们愿意这样做是因为她们在乎的事情远重于对艺术的追求。她们眼中的回报并不是意识到自己做出了多大的牺牲和奉献，而是在此过程中得到了自己渴求的东西，它的美是任何艺术家所珍视和追寻的梦想都比不上的。

虽说如此，但事实就是再怎么游说艺术家使他相信还有比艺术更重要的东西也是无济于事的。人一定会把自己认为最好的事物作为自己的奋斗目标，超出自己认知范围的事物即便再好也不能替代，倘若强加给他，就无异于不打地基就盖高楼大厦了，是站不住脚的。所以艺术家身边的人所能做的也就是竭尽所能地鼓励他去朝着心目中的最高境界努力奋斗。

从另一方面来说，艺术家也应该敞开心扉追求更高的目标，当然前提是如果他能做到这点。人的眼睛可以看见某些色彩，人的耳朵可以听见某种声音，可是作为一名艺术家，他必须要时刻记得色彩是千变万化的，声音也是千差万别的，无论是超出还是低于他的认知水平，都不足为惧。他应该明白如果他对自己所认为的最高的目标一直持之以恒地去追寻，那么他就可能闯出一片新的天地。一味地认为对艺术的追求是追求的最高境界是不切实际的，可以被看作一种过度的傲慢，是极其狭隘的。他这么做等同于闭塞视听，对存在的声音置若罔闻，也是一种罪过。一名真正的艺术家生活在感知的世界里，必须广开视听，对上述的做法应是不屑一顾的。他应该像先知所描述的那样比常人更加贴近生活，更加耳聪目明。某种艺术灵感可能像夜空里的流星那样稍纵即逝，但他也会睁开心灵的眼睛捕捉得到。当他的认知上升到一定高度，他可能会与娇美可人的情人分手，转而选择一位朴实无华的女性作为伴侣；他也可能会对乞丐女万般尊敬。但这种种举动并非是种牺牲，而是一种升华。

第十四章
年轻的爱情

今天我们在这里度过了美妙的一天，与我们同住的是一对年轻的新婚夫妇，他们仍然沉浸在新婚的喜悦之中。整整一天我们所有人都成为他们二人的陪衬，因为他们的眼中只有彼此。一个细微的表情、一个随意的眼神或一个无声的手势，无不显示着他们彼此间的默契。他们笑声连连，惊叹不止且充满好奇，我们都被他们二人的愉悦所感染。到了晚上，他们为我们大家唱歌表演，妻子是一位小有成就的钢琴家，丈夫则是位出色的歌唱家，尽管他们的才华让在场的每一位都为之动容，实际上他们只是在为彼此表演。我们坐在一个装饰着板条的房间里，房内灯光昏暗，光晕笼罩着这对快乐的新人，他们真情流露，让人为之动容。妻子为大家一首接一首地弹奏乐曲，每首都是那么悦耳动听。不过我发现她的演奏无法进一步深入诠释曲子所要表达的忧愁，那是一种饱经创伤的灵魂想要传递出来的情感。她透过轻快的小步舞曲传递着笑声与光明，她弹出的旋律诉说着甜蜜与喜悦，使整个房间都像洒满了阳光，充满着暖暖的味道。而丈夫也倾注所有力量演唱着欢快的歌曲，声音洪亮，带着男人无比的骄傲。在他演唱一首情歌时，那情歌就像一条清澈的小溪，蜿蜒流淌在甜美的梦境里，使人很容易就能感受到他流露出来的真情实意。可是当他想尝试着演绎一首忧伤的歌曲时，那忧愁的味道显得那么不自然。我猜对于他来说歌中所描述的苦痛在他的生活中完全体会不到，从他心中涌出的都是生活中的快乐。我们在板条房里坐了很久，直到满屋的人都陶醉其中，一切的郁闷忧愁、艰难困苦似乎都被驱赶得没了踪影。这样平和的氛围不禁让人感到真挚与满足，自动地将阴郁一扫而空。这对新人为彼此而生，同时又把自己的喜悦分享给全世界。他们庆祝的时候有时表现得像小孩子一样无所顾忌，通常来说这些表现会让愤世嫉俗的人感到不屑甚至愤慨。可事实却是他们并没有背离高雅，尺度拿捏得恰到好处，只是让人感到新鲜而真实，仿佛这是上帝赐予他们的礼物。幸福的时光飞逝而过，只留下满室的芬芳，无论将来会发生什么，他们都已品尝过快乐的圣酒，并且还邀请我们一起来品尝。

第十五章
奇特的聚会

夏日的一天我去乡间散步，那里离我家不远，丘陵连绵起伏。我经常走的一条小路不仅幽静，还能一直通往山上，一路走上去可以俯瞰平原。路的两边是陡峭的岩壁，榛树郁郁葱葱。人走在山路上感觉不到自己到底走了多远，等到了山顶，眼前的景色变得豁然开朗，人们往往会大吃一惊。距离山顶不远处有条岔路通向一座废弃的采石场，采石场四周是不算很高的峭壁，土丘野草丛生，地面坑坑洼洼，到处都是树丛，地面上的草皮高低不平。春天这里的景致分外迷人，当然在其他季节这里的景致也是很不错的。这里鲜花盛开，鸟儿悠闲地在树丛间穿梭、低鸣。这里的风景使我不禁联想起了《弗洛斯河上的磨坊》中的场景，作品中描述的红苑就应该是这个样子吧。我时常幻想着若是附近一带真的有仙女存在，那么一定是在这里才能找到她们的踪迹。不过对于有仙女这个问题，我一直持有怀疑的态度，因为现在的乡间新盖的别墅与日俱增，就算真的有仙女存在，也早就被吓跑了。在一个月色皎洁的夜晚我再一次来到这里，我一直坚信这里到处都是精灵，它们肯定会笑我耳不聪目不明。如果我能悄悄潜入这个地方，我就应该能看到奇奇怪怪的小东西在我面前晃动，而后再一阵窃喜。

一天下午，当我朝着采石场走过去的时候，忽然发现这样的清幽之所竟然被打扰了，顿时大感不悦。我看见几辆大马车停在路上，又听见一阵肆无忌惮的笑声传过来，听起来那么刺耳。我走近了一些，始终猜不透到底是哪里来的“不速之客”。他们看似要离开的样子，有两辆马车已经坐满了人，另一辆车里正陆陆续续往里进人。我又走近些，还是没弄清楚到底是怎么回事，这伙人的着装非常相像，都是清一色的褐色衣服、黑色软毡帽。不过在这些租来的大马车里，每辆车里都坐着一个头戴带穗儿的帽子、身穿制服的人，其余的人多数都已是年纪一大把了，也有的是刚上了年纪的。几乎所有人的胡子都已灰白，有的人的胡子甚至已经全白了。他们断断续续地念叨着，叽叽喳喳地，很奇怪的样子，而且只是自顾自地说着，根本没注意别人在说什么。不但如此，他们的装扮也很奇怪。有的人的帽子上插满了鲜花，有的人则是顶着树叶编成的花环，还有个别人用雏菊编成花环套在脖子上。他们看起来很快乐，像孩子那样乖。我走进采石场的大门，在院子正中央又看到一个更为奇特的场面，一些上了年纪的人站成一圈儿，帽子上装饰着花环，手挽着手，缓慢而严肃地跳着舞。其中一个人身材矮小却很壮实，面色红润，胡子一大把，看起来应该是他们的领舞。他一边轻盈地跳着舞，一边唱着乡村歌曲，带领着其他人一圈一圈地转着，而其他人的身姿明显不如他灵敏，却跳得投入而忘我。一个年老体弱的老头儿面带微笑，正努力做着跳跃的动作，虽然姿势笨拙却极其投入。还有几个人围在一旁欣赏着舞蹈，不远处站着一个高大、表情严肃的男人。那个人身上戴满了鲜花，一边大声地自言自语，一边一圈儿一圈儿地旋转着，完全沉浸在喜悦之中。他转得有些头晕了，向左边踉跄了几步便摔倒在地上，他躺在地上轻声笑起来，双手在空中不停地挥舞。这时一个长官模样的人跟领舞的人耳语了几句，顿时舞蹈停了下来，跳舞的人四散开来，走到四周忙着把一小捆一小捆的花花草草聚拢到一起，然后走到门外集合，爬上马车。采石场顿时清静下来，还有几个人朝我挥手告别，嘴里念叨着莫名其妙的话语，并递给我他们手中的鲜花。

我一头雾水搞不清状况，只好向其中的一位长官求助。他很客气地解释说，这是为某地穷人疯人院举办的郊游活动，我这才恍然大悟。我说："他们看起来玩得很开心。""的确如此，"那位长官回答说，"他们就像小孩子一样，一年到头就盼着这次郊游呢。对于他们来说再没有什么惩罚比禁止参加郊游活动更为严厉的了。"他边说着边爬上最后一辆马车，随后马车缓慢离开了。车里的老人们发出的愉悦欢呼声，盖住了车轮滚动的声音。

我觉得这件事一点都不可笑，心中只有满满的感动与温馨。这些可怜的老人饱受病痛的折磨，长时间与社会隔离。他们想要重拾童年的记忆，重温童年的游戏。在他们仍然是正常人的时候对春日的记忆应该已经模糊了，可是在心底却给他们留下了如此深的印象！让我感到欣慰的是，他们看起来玩得非常开心，连度假的学生们玩得都没有他们投入，这也算是对他们必须要面对的无聊岁月的一种补偿吧。有人可能会认为他们属于一个孤独的群体，生活不如意，丧失了心智，承受着世人最不愿面对的精神折磨。不过至少就在这一天，他们无忧无虑，获得了完全的快乐，那种快感连我都望尘莫及。面对这样的快乐，再去追问为什么要让他们面对这样的不公已显得毫无意义，因为无论怎样，他们此时此地已得到了最纯粹的快乐，不含一丝杂质。我走在路上，心中惊叹不已，甚至涌起新的希望。我搞不清楚为什么会人生失意，为何要遭受病痛折磨，这些东西肆虐于世上，就像一道丑陋的裂痕附着在一座宏伟的大厦表面，让人唏嘘不已。然而造物主尽他最大能力对裂痕进行了修补，他给予的慰藉是多么体贴与英明，他对于我们所拥有的幸福生活的了解是我们这些凡夫俗子远不能及的。思及此处，我抬眼望向起伏的紫色平原，看到长在平原边际的茂盛林木，看到那水草丰美的牧场，看到那上百座村落上空升起的袅袅炊烟，我的心中升起一股信念，平和而坚定。它在我的心中涌动，渴望对造物主的意图窥知一二；它带着一种包容，包容着距离我们遥远的事物，并安抚我们略显焦躁的情绪。它的安抚就像海洋用它博大的胸怀融汇不知安分的溪流一样，在缓慢起伏的波浪中使它们渐渐融为一体。

第十六章

完美的残缺

今天我去拜访一位老友，我们已经有近十年没有见过面了。前些年他不小心摔了一跤，结果造成好一段时间都不能正常行走，不过仍有康复的希望。可是他肯定在什么时候又受了一次伤，自己可能并未意识到，但后果很严重，因为在恢复了一段时间后，他的伤势又恶化了，基本丧失了行走能力。受伤前的他思维活跃，人也好动。他居住在市郊，在当地的小镇上有自己的买卖，且生意兴隆。他的个子高高的，黑头发、黑眼睛，一副悠然自得的样子，属于那种吃苦耐劳、精力旺盛的男人。平时他喜欢读书，喜爱音乐和绘画。他娶了一位教养良好、性格开朗的太太，但是他们没有小孩。他比谁都热爱生活，为此我曾一度难以接受，怎么会有像他这样的人，爱好竟能涉及生活的方方面面。无论他做什么事都会像小孩一样全情投入。

他的房子很漂亮，属于老式住宅，房前有一处大花园，园内植被茂盛，很是阴凉。我被请进书房，房内陈列着好多书籍。忽然我看见一个人影吃力地进入我的视线，他架着一副拐杖，走起路来缓慢而费力，无论如何我都无法把眼前的他与我记忆中的老友联系到一起。他驼着背，弱不禁风，头发花白，表情沉静，沧桑的双眼透露出这些年来他的遭遇。不过好在他的声音并未发生改变，还是那么洪亮、有磁性，让人过耳不忘。他坐下来，没有立即开口说话。我猜即便只是从一个房间走到另一个房间也会让他痛苦不堪吧。片刻过后他开口了，先对我讲述了他曾经发生的事故，然后又提到了如何寻医问药治疗伤病。后来他又说道："好在医生已经言明他们实在是无能为力了，我也不用再到处求医了。"他说每天他仍然会去镇上照看生意，虽然无法亲自驾驶，但可以用轮椅代步。照他的说法，他的生意仍然很好。他没说过一句他是多么不幸，然后他就把话题转到了读书和政治上去了。慢慢地，我意识到坐在我身边的仍然是那个性格豁达的老友，他的开朗是不经意间流露出来的，他对早年爱好的执着绝不是刻意为之的。那种开朗和乐观发自一个热爱生活的人的内心深处。当他与我探讨问题时，仍然像多年前那样雀跃不已，他的笑声透着一股率真与幽默，只有真正满足于生活现状的人才会发出那样的笑声。

不久后他的太太也加入进来，我们坐在一起聊了好久，我被他们之间的默契深深感动了。他的太太对他没有表现出丝毫的过多关注，而我总认为对于病人来说过度关照只会让他们觉得自己拖累了别人，是个废物。而我的朋友对此也没有表露出任何的不适。通常来说很多行动不便的人都会有这种不适之感，性格急躁、活泼好动的人更会如此，那些思维活跃的人、常常注意到自身行动不便的人都会有此不适之感。在谈话过程中我的朋友曾想戴上眼镜朗读书中的一段话，于是他请太太帮忙找眼镜。其实眼镜就放在他的上衣口袋里，可他的手却无力把它拿出来。他很不好意思地表达歉意，这不禁使我大为感动；在看到他的太太因为这个举手之劳而深感满足时我竟然有种热泪盈眶的冲动。稍后在午餐过程中同样的事情又发生了，这一次是请一名年轻的服务员帮忙。我完全了解了他是多么无助。

下午，我从他太太口中了解到他的行为能力越来越差了，不过他的太太并没有为此大惊小怪。目前来看，他还能自己拿着书本看书，也能自己翻页，不过却不能持续太久。为此他还特意设计了一个读书的工具来自娱自乐。尽管如此，他的太太在谈及将来时仍然语气平静。她说介于出入办公室对于他来说已是困难重重，他正在着手安排，打算在家里直接操控生意的运转。

在我拜访期间，他一直表现得非常愉悦，向我提及自己遇到的趣事，言语之间丝毫没有自怨自艾的流露。

要是我发现了他们苦苦压抑自己的迹象，或是他们发发牢骚，哪怕只是偶尔发发牢骚，抑或是看到他们苦中作乐的决心，我都会为他们感到钦佩及感叹，慨叹他们的毅力和爽朗。

可事实却是上述的种种无从觅得，虽然我不敢肯定他们是否是在历经了绝望与不幸之后才获得了这份温馨而甜蜜的承受力，但是我的答案更倾向于否定。对我而言，这更像是在大灾大难面前男人气概和女人气概的一种表露，这应是仁爱的上帝赐予这对单纯而豪爽的夫妇的一种补偿。他们为彼此而生，他们的性情是如此美好，如此令人惊叹。我试着假想如果我自己遭遇了同样的不幸，我会怎么对待。想来想去最后的答案就是我会变得焦躁易怒，在痛苦与麻木之间反复煎熬。下午时分，我的朋友和气地笑着对我说："我似乎更爱看这些经典老书了，过去曾走马观花般地翻过一遍，可是现在我可以花时间认真思考书中的内容了，然后进行反思。过去我从不知道反思是件多么令人感到快乐的事。"在他说话时我不禁设想如果我有此种遭遇，那么我的生命力、生活的颜色都将被从书中抹去，只剩下一片衰败。过去我总是认为书的魅力有一半来自对生活和经历的评判及两者的相互作用，可现在我对此表示质疑。他却对我说："不是这么回事，我认为不是。与以前相比，我现在对人、对事、对某种想法更为感兴趣。人们可以在更为纯净的春日里找到、发现他们。不知道我说没说清楚，但我觉得人们看问题的角度各不相同。当一个人的想法受到限制，许多事情对于他来说已变得不切实际，那么这个人看问题可能会看得更清楚、透彻。"在我起身告辞的时候，他朝我笑笑，并说欢迎我再来。他又说道："别为我担心。"他的太太站在他的身旁也说道："其实您根本就没有必要为我们担心。”语毕他们夫妇相视一笑，我忽然感到他们是在讲一个显而易见的真理，他们已参透了人生的真谛，处于一个宁静祥和的境界。我穷尽一生都在期盼、都在为之担忧、都在为之奋斗，却在不经意间把它错过了。这是多么令人遗憾！可又是多么令人着迷！在回家的路上我忽然感到自己是刚刚从圣地返回，我已看到了人性的蜕变，它是那么庄严、那么平静、那么神圣。

第十七章
牛津之美

在这个世界上有些事情看似无足轻重，实际上是值得称颂的，而且对它们的称赞是件令人非常愉快的事情。这些事情就是爱情与友情，美食与睡眠，春日与盛夏，它们等同于世上最富哲理的书籍，最奇妙的画面或最令人享受的居所。但我最想写诗赞美的地方则是牛津，我曾到过那里，但是次数不多。牛津在我的心里可被称为世上最美好的事物之一。

我想称赞的并非是指具体哪个建筑壮丽非凡，而是牛津给人的整体印象。比如在某个阳光明媚、空气凉爽的一天，我独自一人漫步在牛津街头，不禁为眼前的美景所陶醉，那种感觉就像一个潦倒一生的穷人平时恨不得一分钱都掰成几份来花，忽然就被带到一座金山面前，然后被告知金山归他所有了。

我曾听过某种愚蠢的论调，说牛津盖房子用的石料质地不好，这对于牛津来说何其不幸。这一点从某个方面来说的确是种不幸，因为某些较真的人真的会去修复、翻新被岁月侵蚀得面目全非的建筑。我记得在我小的时候曾来过一次牛津，觉得有些建筑实在是太破旧了；可是现在我已长大成人，也更加明白事理，我能从那破败不堪的建筑物上看到宫殿的宏伟，能找到岁月的印记，那是一种溢于言表的美。看着它我心潮澎湃，充满感激之情，心底叫嚣着，急切地想要与它分享它的荣耀。

建筑表面的颜色已微微发暗，显得庄严而忧郁，可是它反映出来的却是生活中的阳光与纯净：春天的小树刚刚抽芽，泛着青绿色，树枝顶端缀满了栗子，小小的蠕虫像叶子一样附着在飞檐和护墙上。这一切形成了鲜明的对照，让人浮想联翩，觉得正是这种鲜明的对照构成了建筑之美的精髓。穿过已蒙尘的庭院，所见的线条是那么柔美与和谐，仿佛与土壤融为一体；自己仿佛置身于游乐园中，脚下是天鹅绒般柔顺的草坪，到处鲜花盛开，这迷人的景象使人不禁为之轻叹。这里的门柱的美是无与伦比的，柱子顶端镶有网状铁艺，细小的爬藤与之纠缠在一起，让人觉得仿佛置身仙境，让人觉得进入门里就能找到栖身之所，还有那美丽的喷泉。在肃静的公园里我也曾见过与牛津类似的建筑，同样是老建筑，同样是那么宏伟，也同样结构匀称。可是城市里的空气中带有一抹特有的暗色，镇子里则飘荡着袅袅的烟气，增添了一股庄严、神秘的味道，这些都是乡间没有的。走进大门，里面的景象更加值得称赞：殿堂的墙上镶嵌着板条作为装饰，屋顶刷成黑色，成行的画像静默地凝视着访客；小教堂的前面安放着为唱诗班准备的座椅，四周摆放着华丽的围屏，教堂的窗子华美而富有历史，使得教堂内略显幽暗。看那塔楼、那穹顶，还有那高耸的尖塔，不仅与那如茵的绿草相互呼应构成人间仙境，更为难得的是它们竟然存在于城市中心。房子虽然古老却不失雅致，而且随着时代的脉搏正在充满生机地律动着。强烈的反差既满足了人们在心灵上的需求，同时也让人感受到日常生活中的乐趣。它摆脱了世俗的喧闹，那庭院、那回廊是人们不受打扰进行静思的最佳场所；与此同时，生活的忙碌却又近在眼前。在这里人们既可以接受世俗生活的挑战，又可以继续自己精神上的休憩。

我不敢断言自己的品位到底有多高，但我敢肯定的是牛津的建筑洋溢着意大利的风情，充满古朴之感，单在这一点上要远胜于哥特式建筑。哥特式建筑是古雅的，也许更为别致些，但是牛津的这种古典建筑透出一种庄严的壮观与高贵之感，与当地富庶、安宁的氛围极为和谐。哥特式建筑在历经风霜之后得以保存下来，也因此备受关注，也更加显得充满诗情画意。可是这些古朴的门廊及楼宇给人以更加高贵的感觉，更加适合作为现代牛津城的陪衬，因为牛津的精髓体现的正是文艺复兴的精神而非学院精神。我个人认为教权主义更应该是当地的特色之一，而不应成为当地的本质属性。我是说我非常认同正统的教会给牛津带来的高贵典雅的影响，但是牛津所倡导的精神应是自由精神。经历了牛津运动的教堂中，这种影响所遗留的痕迹随处可见：沾着细小污垢的玻璃窗，年久失修的围屏以及现代哥特式的木质物件。假如它们从历史角度讲都算是无足轻重的话，那么也只能从艺术角度上被看作是一种艺术缺憾了。它们的存在暗示着社会发展中的一个阶段，当时的人们想要重回使用日晷的时代，提倡使用更为狭隘、更为呆板的论调，试图新瓶装旧酒，让历史的车轮后退。它同时也反映出人们对无所不能的上帝缺乏信心，我对这种束缚思想的做法深恶痛绝。理想中的宗教应是活力四射、充满生机的，而非循规蹈矩被老套的传统束手束脚。因此，我推崇在高贵典雅的古典建筑中进行神圣的宗教仪式，因为这表示人们渴望把希腊的思想精髓及高贵的罗马帝国主义引入谨小慎微、与世隔绝的宗教中去，使之更为饱满、更具规模，让人们更加自由也更加审慎。

牛津的建筑只是牛津城的一部分，除此之外，牛津精神——这个城市的内在精髓还体现在它能让人产生满足感的魅力上。一方面体现了智慧的重要性，在这里人们的生活简单淳朴却又不失朝气，除了生活富裕，整个社会井然有序，气氛祥和。在这里人们可以安心做事，可以倾听悦耳的钟声，可以长时间不被打扰专注于自己的事情。这里民风淳朴，建筑典雅，经过精心打理的花园随处可见，是人们理想中的生活之所。在这里蓬勃的朝气四处涌动，身材挺拔、动作矫健的年轻人成群结队，享受着快乐的生活，构成了一道迷人的风景线。上帝赐予的最好的礼物——健康、工作、娱乐、社交、友谊，对于他们来说唾手可得。生命的脉搏在有力地律动，贯穿在庄严而壮丽的建筑之间，构成了牛津的内在精髓。这里的生活充满希望，交织着各种情感与体验，没有阴郁、没有幻灭亦没有厌烦，像圣坛上的圣火熊熊燃烧，散发着香气，给人以温暖，让人看到生命的意义，即便是幽暗的殿堂也会赋予它火热与活力。

所以牛津的重要性在于它是英格兰的指南针。它的重要性也许不是在于其学术上的见地，不是尚不成熟的自由主义，不是什么远大抱负，亦不是什么政治理想，它更没有能力使英格兰成为一个世界霸主、世界的核心力量。英格兰的壮大要归功于那些虎虎有生气的水手，勇猛的士兵，手腕高超的商人，还有那些冷静的政府管理者。凭着一股顽强的开拓精神，英格兰征服了世界，统领了世界。牛津的才智情感也许不是英格兰变强大的直接诱因，若是加以悉心培养，很有可能会影响整个世界的精神领域的发展。牛津的某些方面并非带有明显的英格兰的特征，却带有广义上的兄弟情谊，这种情谊超越了国籍的界限，与之类似的某种精神已然超出地域和时间的限制，在精神领域创建了不朽的丰碑。牛津是个人才辈出的地方，大卫的赞美诗就是从这里一气呵成的。荷马与索福克勒斯、柏拉图与维吉尔、但丁与歌德等人与牛津群体均属同一类型。也许有人会说约翰牛曾对此种影响力不屑一顾，认为牛津只是人们生活中的一个点缀，如同叮当作响的吊坠，可有可无。可是但凡心胸开阔、情感细腻的人都会私下向牛津致敬，把牛津当作一个秘密基地，偷偷播下美丽与情感、智慧与领悟的种子。每当他们看到这个神圣的殿堂，见到一砖一瓦、一草一木，哪怕只是匆匆一眼，也会雀跃不已，激动之情无法言喻。他们会由衷地赞叹：“多么美的教堂啊！”然后便开始虔诚地祈祷，没有任何约束，亦没有任何抱怨。

第十八章
关于写作

一次聚餐上我遇见了一位不常见面的朋友，他从不多言多语，勤劳、能干、为人谦虚而坦率，尤其是能写一手好文章，语言优美、风格简洁。我告诉他，我猜我的人生使命就是每逢见到他都要打听他近来在写些什么，再央求他多写点东西。他笑着告诉我，他一直忙于教书，找不到太多的时间用来写作。他又接着说道："而且我觉得应该少而精。"他向我解释，每当有灵感时他非常乐于写点什么，可是遣词造句、反复斟酌是个非常严肃的过程。

闻听此言我不禁有些诧异，因为虽然我发表的文章不多，但是对我来说写作是头等大事，是人生一大乐趣。我不禁暗自狐疑是不是我写得有点儿多了。于是我问他：“你是说一个人习惯于围绕一个主题来写，尽管有些变化，但还是同一个主题没变，对吗？”“的确如此，”他答道，“我就是这个意思。每当我写完一个我所关注的话题，我都会等上好长一段时间，等新的想法充满我的脑海我才会再次动笔写作。”

接下来我们又聊了点儿别的话题，可是在此后的时间里我一直在不停地思考，在想我的朋友说的到底对不对。如果写作真的如他所言，那么恐怕写作会是唯一有如此多限制的艺术了。我们不应该认为画家画得太多了，但我们可能会质疑他的作品中尚有不完美之处。可是，如果画家已全身心地投入艺术创作之中去，我们就不应该对他所做的不懈研究和勾勒出的草图再进行指指点点，因为正如特纳所言，画家把所有能打动他心灵的美好事物都不断地进行研究、为其勾勒草图，日复一日，这一切都是画家的心血结晶。事实上，我们应该感觉得到有些信手绘制出来的草图有种独特的魅力，值得尊敬，是精雕细琢之后的作品中所欠缺的。总而言之，画家所做的准备工作越多，他完成绘画时就越有信心，也就完成得越快，就能以最小的代价换来最好的艺术效果。音乐家也是同理：没有人会指责他整日醉心于音乐。所有的手艺人都是同理，他们越勤奋，手艺就会越高超。

现在我越来越相信文章写得好不好不在于写作过程中花了多少心思进行润色、修改，也不在于到底拖了多久才算完工。比起这种写作方式，把心思花在全新的创作上得到的结果会更好。写作于我而言是这世间最易获得的快乐，也是最大的享受。把某种想法用语言描述出来是我最爱做的事。坦白地讲，每天我都要做好安排以确保有充足的时间来写作，我这样做绝不是因为迫于某种压力，而是出于对写作的一种纯粹的喜爱。生活中到处都是可写的话题，到处都能看到美好的事物，到处都能找到喜悦与哀伤，因而我迫切地想要用语言把它们全部描述出来。不让自己动笔写作对我来说是对自我克制力的最大考验。当然，写作也不总是一帆风顺的：我有成堆成堆的手稿积压在那里，要么是文章观点有问题，要么是语言表述有问题，要么就是两方面都存在问题。虽然如此，如果时间允许，我还是要写好多书的。

老实说我本人并不认为写作中应该有过多的焦虑，如果一篇文章在经历了艰难的构思、反复的修改后才成稿，那么我猜读者读起来也同样会感到辛苦万分。正如在老教堂里看到的雕刻滴水兽，身体扭曲，形状怪异，像是被重物一直压着无法得以伸展，也有的张着大嘴，让水从口中排出去。就算这些雕刻再怎么精美也免不了让人感到有压力和紧迫感，写作就是这个道理。关于写作我的看法是观点应该尽可能明确，语言表述应该像潺潺的溪水般清楚、流畅，结构应遵循思路，尽可能做到简单明了，我认为经过反复实践就能达到这个程度。如果写完了一篇文章，发现它冗长、拖沓，就干脆把它扔到一边吧。

我从不认为一个人能一口气写很长时间还能做到表意清楚。我的头脑最清醒的状态也就维持两三个小时，我会抓紧时间进行写作，这可以确保文章思路清晰、避免思路混乱。可如果作者一直处于焦躁不安的状态，把文章改来改去，那他肯定做不到这一点。写作时要思维敏捷、充满激情，从而避免不必要的重复、赘述。一个深奥的问题应该被分成几个部分，再逐一进行论述。像福楼拜这样的文豪在思考问题时要么是躺在躺椅上思考，要么是边在房间踱步边思考，他会花上几个小时用来推敲一个词。他的这种类似自虐式的做法很让人佩服，可我担心这么做可能不会让他达成所愿，因为这么做可能使文章结构很完美，却抑制了思想的驰骋，限制了思维的自由。

除了观点清晰和语言丰富，情感的融入也很有必要。如果做到了这三点，那这篇文章就算是一篇佳作了，而写这篇文章到底用了多么短的时间已可以忽略不计了。三者缺一不可，否则文章就会观点模糊、语言拖沓或是做不到朗朗上口。我觉得一位真正的语言大师应该做的就是专心写作，其成败关键在于最终对文章的筛选上。比如说在论述一个大问题时，其中的一个小部分写得不好，缺乏说服力，那就干脆把它弃之一旁，短期内不再考虑它了，用不着挖空心思去修改一篇败笔，过段时间等思路清晰了再重新写这个部分。一个真正热爱写作的人是不会在乎到底要写几遍才算满意的。

我说的都是实话，因为我自己就是这么做的。一天的忙碌过去之后，我便会急切地坐下来想要写点什么，这对于我来说是个非常神圣的时刻。我对写作的感觉可以用“如饥似渴”来形容，就像一个饥肠辘辘的人坐在一桌珍馐美味面前那样，感到那么满足，那么快乐。写作的过程中会产生各种情绪，如果条件不允许我写作，我就得把时间浪费在其他什么事情上，我会感到极其沮丧。

按理说我如此渴望写作，早就应该有所成就了，而且在此过程中定会有大喜大悲。其实于我而言享受的是写作的过程，并非最后写出了什么。对于别人给我的赞赏我也会满心欢喜，不会装作毫不在意，但那种快乐远远赶不上写作中的快意。

我并非不知好歹，而是深知这种被表扬的快乐可能随时离我而去，而写作的快意却不会，因为这世间有着太多可写的话题。有一个古老的美丽传说，说的是有一天一位圣人看到一个闪闪发光的物体飘向他，他一伸手接住它，发现是一个黑球，球体外面云烟缭绕。他把它小心地托起，仔细观看，发现它就像一个被微缩了的地球。球体上面有陆地和海洋，上空还飘着朵朵白云。这个“地球”极其精致，在上面甚至能看到城市和平原，而且还有微小的身影在上面移动。圣人把一根手指放在球体的一处，把一个小群岛从那里移走。在小岛上居住着一个民族，他不禁莫名地为他们感到一阵凄凉和不适。这时他听到一个声音说道:“他把这个小岛没太当回事儿。”闻听此言一个念头闯入他的脑海:他所做的一切都取决于岛上的这些人，他应该去那里，给那里的人们带去希望。

这是一个美丽的传说，而我总是觉得艺术家的工作也是同理。艺术家要从大千世界当中找到最吸引自己的那个角落，然后尽己所能带给人们希望，在此漫漫长途中他会感到无比快乐和有希望。

第十九章
《哈姆雷特》的启示

昨天与朋友一起谈论戏剧，虽然我们在聊着，但是我却不得不承认其实我对戏剧并不太感兴趣，当然我并不否定的确有好多人对戏剧如痴如狂。其中一个常年流连于剧院的朋友转过头对我说：“无论如何，总有那么一部脍炙人口的戏剧能吸引不同层次的人群，穷人也好，中产阶级也好，还是有教养的上层社会人士也好，都能为之动容。《哈姆雷特》就属于这种戏剧。”“不错，”我接着说道，“不过我很好奇它的魅力到底在哪里呢？”他回答说：“这个嘛，我想是这样的：在栩栩如生的刻画下，除了其语言魅力，还有其情感魅力。这种情感能打动世上所有的人。在《哈姆雷特》中，所有的人都能或多或少地找到自己的影子；所有的人都曾有过被周遭的环境压得喘不过气的经历；此外还有一点，”他补充道，“人人都对这种情形感兴趣——一个人拥有完美的外在条件：年轻、健康、富有、有地位、有爱心、有激情，可他却深陷痛苦当中无法自拔，最后在命运的驱使下走向毁灭。”

他的评论意义深远、细致入微，在我的脑海中回响着。《哈姆雷特》当然还有好多值得玩味之处，如高水准的言语表达，带着神秘意味的感伤，不可思议的恐怖氛围，老于世故的机智以及细致入微的洞察力。不过与贯穿全剧的中心思想比起来，这一切都退居到了次要位置。一帆风顺的哈姆雷特忽遭晴空霹雳，要被迫面对一幕充满阴谋意味的惨剧。深陷绝望的他犹豫彷徨，无法坦然处之，终日处在阴影的笼罩之中。每天一睁开眼就看到的世界在他的眼中曾经是那么美好，而今却变得丑陋狰狞。一系列的惊骇化身为魔鬼纠缠着他，打破了生活的宁静，友谊、爱情、自然、艺术……这一切都因猜忌变得沉重而无法负担。从临海的城墙高台，到大炮轰鸣，再到一具具尸体被搬运回来，每一个场面都带给他震惊与不祥之感。哈姆雷特做不到对此视而不见，即使他想这样做，哪怕只是一瞬间也会立即被悲伤摇醒，然后睁着眼一夜到天明。哈姆雷特还不够坚强，没有勇气去面对这一切，显得束手无策。烦躁不已的他辗转反侧，看不到希望，只想逃避。他的忧愁与猜疑甚至感染了周遭的一切。死亡与绝望的阴影使得悲伤在他的心中与日俱增。尽管无休止的忧伤像迷宫一样使他深陷其中，犹如困兽，甚至让他的每一根神经都在因悲伤而颤抖，但是他却毫无办法，连一丝的慰藉或希望都找不到。他只好求助于万能的上帝，接受命运的安排。

《哈姆雷特》成了描述饱受折磨的灵魂的代表作。忧伤的王子就像小蜜蜂一样面对问题感到毫无头绪，那只小蜜蜂被关在窗子里面隔着窗玻璃嗡嗡地叫着，猜不透那个可以摸得到却又透明的东西到底是什么，想不明白为什么自己费了九牛二虎之力也飞不出去，无法重回红花绿树的怀抱。有人不禁质疑，万能的上帝为什么不助它一臂之力，使它免于徒劳的挣扎呢？当剧情渐入高潮，也达到了艺术的顶端，人们经历了探求、分析、抚慰、解脱的整个痛苦过程。即便无法给予帮助，人们也想表达一下发自内心的感受，给予饱受精神折磨的人以深切的同情，用关爱的眼神抚慰他们眼中的痛不欲生，哪怕只是片刻也好。看过《哈姆雷特》之后，人们不仅满足于情感发生起伏，还会产生一种渴望，迫切地想要尽自己最大努力去帮助世上那些饱受悲伤折磨的人，将他们从水深火热中解救出来。

毕竟剧中呈现的属于艺术上表现忧伤的手段，因为艺术追求的是纯美，所以戏剧结尾简单明了。我们为此用心，可以心怀感激地接受灵魂的荡涤，把它看作上帝赐予的礼物，甜美而清新。可是艺术能够做到忧伤而美丽的境界，我们这些凡夫俗子又能怎么做呢？我们可以尝试着去承受，希望在上帝的心中有那么一个地方，在那里美丽和忧伤可以并存，当然这么做的前提是我们能够读懂上帝的想法。此外我们还要学会放飞心灵，让它带着爱与怜悯去帮助那些跋涉在黑暗的山谷中痛苦不堪的人们，帮助他们走出黑暗，走向光明。

第二十章

被禁锢的灵魂

几周前，我与一位牧师朋友住在乡下，一天他和我讲起一位教友的故事。那个人曾在伦敦银行工作，后来视力衰退，直至完全失明。当厄运降临时，他才四十多岁。银行主管给了他一笔退休金，钱数不多，他自己也有一小笔积蓄。他有家庭，有个儿子，后来他的儿子也被招聘到伦敦银行工作。他与妻子搬到我朋友的那个教区，找了间小房子住了下来，过着简朴的日子。可是不到两年，他的听力也开始下降了，后来变为完全失聪，双重的打击使他变得那么无助。他被完全隔离在一个没有声音、没有光明的世界里，仅凭嗅觉和触觉去感知外部世界。这一切看起来简直是让人无法忍受！他已经学会了盲文，还收到了几本朋友送给他的盲文书。受听力的影响，他的言语表达也有些障碍，当然让人听懂还是没有问题的。他与人只能进行最简单的交流，办法就是把印有盲文的卡片组合起来构成一个句子。他与妻子一起发明了一种触碰暗号，可以进行简单的交流，虽然受一定的限制，但也算有用。我想知道他每天是怎么打发时间的，朋友告诉我说他每天都要写好多文章，都是那种基于自己的想法和想象的文章，稀奇古怪，天马行空。我的朋友说道："他每天在花园的长椅上一坐就是几小时，要么就是由他的妻子搀扶着在花园里散步。他的嗅觉和触觉已经变得异常敏感。我敢肯定地说像他这样饱受病痛折磨的人根本就快乐不起来。"他拿出几篇那个人的文章让我看。文章的字迹大而清楚，让我满怀兴致地读了起来。有些文章写的是对童年的回忆，所用的语言老旧，有点儿像《圣经》的表达方式。有些文章充满了遐想，描述的是通过嗅觉所感知的自然景物的模样。我仍记得他在文章中抱怨过冬季的无聊，主要是因为冬天的气味不像夏天那样甜美而多变。不过从文章中能够感觉得到他的心情是平静而满足的，丝毫没有牢骚满腹或是听天由命的情绪流露出来。他能从一种气味中识别出其中包含的若干种气味成分，比如在温暖的夏日，在他家的花园里他就能从嗅到的气味中辨别出混合在其中的气味。随着辨别能力的提高，他也越来越能感受到审美上的乐趣，而这种乐趣在他的文章中多次被提到。有些类似于宗教性质的文章，文中提到他时常感受到上帝就在身边，每当此时心中就会充满奇妙的快感。

在读过文章的第二天，我的朋友提议一起去拜访一下那个教友。我们从小巷中走出来，看到一处茅舍，位于果园正中，四周鲜花盛开。一个男人正坐在长椅上，丝毫感觉不到我们的到来。他的个子很高，身体强壮，留着小胡子，古铜色的皮肤，泛着健康的光泽。他的眼睛睁得大大的，像是在盯着某处看，让我觉得他的眼睛是能看见东西的。他的双手交叠在膝上，面露微笑。我看见他的双唇轻微动了几下，像是在自言自语。“我们先别去打扰他，”我的牧师朋友说道，“会吓到他的。我们先去拜访他的妻子吧。”

于是我们走到茅舍前，敲了敲门。房门打开了，一位身材娇小、上了年纪的女人走了出来。她的面容端庄，带着一股发自内心的笑容。房子虽小，却收拾得很整洁。我的朋友向她介绍我对她丈夫的文章很感兴趣，专程来拜访他。她轻轻地笑了起来，表示她的丈夫会很欢迎我的到来。我们沿着小路向他走去，在距离他还有几尺远的地方他察觉到了我们的存在。他转过头来，等着妻子向他介绍。他的妻子走到他的身边，拉起他的手，用手指在他的手上轻轻敲打着暗号。他笑了笑，马上拿起帽子向我们问好，随后拿起身边的小本子开始写起来，于是一次特殊的聊天开始了。他的妻子把他写的字读出来，再把我们说的话翻译给他听，让我惊讶不已的是在他的谈话中丝毫没有提及自己的事。他问了我朋友一两个问题，然后又追问我是谁。我走过去坐在他身旁，看到他在本子上写着他很高兴能结识新朋友，又问能否用他的方式认识我。他的妻子笑着解释说：“他的意思是说能不能允许他把手放在你的脸上摸摸你，他担心你会像别人那样也介意。”接着她又满怀歉意地补充道：“如果你不愿意也没关系的。”我表示非常愿意，于是他把手放在我的胳膊上轻轻触碰，动作轻柔得几乎让人感觉不到他的触碰。他的指尖滑过我的外套、马甲，在我的表链上摩挲了一小会儿，然后又轻抚过我的面颊和头发。整个动作持续了不到半分钟，他的手指纤长而稳健，似乎带着某种魔力。他写道：“现在我看见他的长相了，请替我谢谢他。”我的牧师朋友对我说：“如果我们请他描述你的长相，他一定会很开心的。”他的妻子用手和他打着暗号，片刻之后他笑了起来，把对我的形容写了下来，描述得简直惟妙惟肖。我们问了几个关于他自身的问题，他回答：“仰仗上帝的眷顾，我很健康，很快乐。”接着他又补充道：“也许你认为我终日无所事事一定很无聊吧，事实上我有好多事要做，做也做不完。”“的确如此，”他的妻子一边读着他写下来的话一边微笑着说，“他无论做什么事都像个孩子似的充满好奇和兴趣，而身边所有的人又如此善待他。”她让她的丈夫为我们大声朗读，于是他便用独特的嗓音为我们朗读了几小段《约伯记》。他的声音高亢洪亮，却又在不断变化，让人感到有些莫名其妙。读到最后他问我们是否能听清全部内容，在被告知我们听得很清楚后他露出孩子般甜蜜、坦然的笑容。

我的朋友建议他和我们一起出去遛一圈儿，他欣然同意并表示能在村里转上一圈儿才叫好呢。他挽着我俩的胳膊，走在中间，因为知道我们无法与他交流所以主动开口说话，很多内容是关于他认为我们经过的地方有什么东西。我暗想，他应该是依靠嗅觉猜出来的，而且猜得非常准。我不得不承认有时我连闻到的气味是什么都分辨不出来，而他却能以此为依据进行推测。我们就这样走了大约半个钟头，一路倾听着他的轻声细语。有那么两三次有人走过来打招呼，我的朋友便提示他，于是他伸出手和人握手；每一次握手过后他都能凭借手的触感认出和他握手的人是谁。“是普维斯先生吧？您今早陪我度过了一段美好的时光，对吧？牧师先生和他的朋友真是大好人，他们带我出来散步，能在村子里遇见朋友真让人高兴。”他似乎对周遭的一切都了如指掌，对不同的人能做出不同的反应。

与这样一位人士散步于我而言真是一种奇特的经历，他的肉体明明遭受了如此大的不幸，却又如此满足而乐观。在我们分手前，他在小本子上写字告诉我说他正在忙着做一件事。他“说”：“我正着手写一本书，当然，我知道自己是永远也读不了它的，可是我想让人们知道他们也可以像我一样生活，幸福地生活。我想告诉人们上帝赐予我无限的快乐，我现在比以往任何时候都要快乐，这是我的肺腑之言。我的生活平静而快乐，享受着众多的关爱，却不能为别人做些什么。我唯一能做的就是告诉他们上帝的仁爱，向他们描述上帝赐予我的丰富多彩的精神世界。”“是的，他已经写了好几章了，”他的妻子说道，“但是在完成之前他不想让任何人瞧见。”

我永远也忘不了我们离去时他们夫妻二人的样子：男人微笑着站在苹果树下，挥手告别，那树上缀满了花朵，在阳光下怒放。这样的场景让我感到一种少有的满足，简单而纯粹。它充满了美与力量，从此以后始终驻扎在我的脑海中，提醒着我当一个人被禁锢在暗室中，仅能从窗口向外张望时，多数人看到的只是一个被封闭了的世界，但是于他而言，他不但没有失去生活的乐趣，反而能从其中品尝到生活的甜美。如果一个人能接受自身的不完美，不认为幸福被剥夺了，反而认为能获得更多其他方面的快乐，他就能达到上述的境界，通过余下的感官感受获取深层次的精神财富。除此之外，还有那源源不断的发自内心的快乐，我们好多人似乎都已被剥夺了这种快乐，可是真的被剥夺了吗？生理上饱受病痛折磨的人获得了此种快乐，难道是对他们的一种补偿吗？消极被动无济于事，我们只有依靠不懈的努力才能窥见其奥秘所在。我坚信快乐的源泉深藏在我们的心中，它是如此重要，如此吸引人，但是我们当中很少有人会去关注它，在忙碌中我们忽视了它的存在，继而将它遗忘。它就像一个被深埋的宝藏，我们跋山涉水、远渡重洋、历尽千辛万苦地去找寻，其实它就埋藏在我们的花园里。我们在上面来回走动过无数次，却从未意识到宝藏就在我们的脚下，就在我们触手可及的地方，而我们却与它失之交臂。

第二十一章
闲情逸致

这是初春的一天，天气晴朗，蓝蓝的天空中飘浮着几朵白云；风儿带来凉爽，太阳却炙烤着大地。

我和一位朋友一起在西山谷住过几天，房子不大，朋友叫它“隐士庐”。我们一起外出散步，走过小桥，驻足欣赏那清澈的小溪潺潺流过草甸，粼粼的水光映衬着绿草，仿佛是绿丝绒上随意摆放的一条宝石项链。我们穿过榉树林，在一丛一丛的报春花中穿行，最后爬上石楠丛生的山顶，看到在古旧的土方工程中央，几棵古松傲然挺立着。树林就在脚下，远处是平原，再远处则是起伏的丘陵，宽阔的河水流经平原，一路奔腾着流向大海，可到了入海口河面又骤然变窄了。目光越过那密集的屋顶，扫过港口岸边孤零零的教堂尖顶，便可看见大海的水光。

我们小坐了一会儿，谁也没有开口。过了一会儿，我开口说道："很抱歉，我有一肚子问题要问你，想要找到满意的答案。"

我的朋友温和地答道："我一直很乐意满足你的好奇心。"

我应该称我的朋友为诗人，因为他有与生俱来的诗人气质，但据我所知他从未写过一行诗歌。他身材高大魁梧，温文尔雅，喜欢沉思，在外人面前很腼腆，私下里又很健谈，是幽默与忧郁的混合体。他一直都是一个忙碌的人，事业有成，目光敏锐。可是他一生中最富诗意的壮举竟是在他进入不惑之年后的某一天突然宣布自己工作做得够多了，以后不会再继续工作了。他的宣布让所有的朋友大跌眼镜。他身边的人没人会说他的不是，他的亲戚也不多，更没有人靠他供养。他是一个有能力的人，平时喜欢各种休闲娱乐活动——看书，听音乐，做户外运动，到乡间散步，赏花，等等，他从不担心会没有事做。

他的嘴里叼了根稻草，慵懒地看着我。我对他说："来吧，现在开始问答时间，我有理由相信你已四十出头了吧？"

"对，四十多了。"

"你放弃正式工作已有一年了，感觉如何？"我问他。"如何？"他答道，"感觉好极了，好到我再也不会重拾旧业，更让人不可思议的是直到停止了工作我才真正明白'忙碌'为何意。以前我总是感到无聊，现在时间却总是不够用。”“你的这种回答简直糟糕透了，”我接着说道，“你对这么多重要的事情都无动于衷，又怎么能证明你的自身价值呢？”“听我说，”他笑着伸出手指向树林，此时从树林里正传出鸽子咕咕的低鸣声，他对我说，“那就是答案。那只鸽子又如何来证明自身存在的价值呢？它的头脑并不怎么聪明。”

我说：“我也不知道该怎么解释这个问题，不过我敢肯定只要给我时间，我还是会找到一个答案的，晚些时候再说吧，先回答我这些问题然后再做定论。现在请认真听着，你现在孤身一人，没有伴侣，没有家庭。这一点你又怎么解释呢？鸽子可没有这种意识。”

“哈！”朋友说道，“我也时常这样问自己，可是这些年来我一直没有时间去谈恋爱，如果我整日无所事事，那么情况就大不一样了。既然我有自由去做选择，总体来说，我这样做是明智的。我身无长处，普通至极，我找不到非要延续香火的理由。我自有一套生活理论，现在的世界与中世纪没什么区别，人们面临的选择只有一个：当兵或当僧侣。可是我没有好斗因子，不喜纷争，所以当不成士兵；我骨子里流的就是僧侣的血。”

“你像僧侣？”我笑问道，“怎么可能呢？你可不像。如果说你想要的是一个体贴的妻子和几个孩子倒还像真的。”

“好吧，我再多说两句。”他的表情严肃起来，“在这个世上有种人天生的性格就是一条道跑到黑，他注定与某一个女人有缘，但需要经过寻寻觅觅找到她。还有另外一种我这样的人，兴趣广泛，寄情于艺术、大自然还有朋友身上。老实说，我属于情感过剩型的人。我交朋友时就像年轻的小伙子，迅速而浪漫；我和形形色色的人交朋友，不分老少。我还热爱书籍和音乐，最喜欢的则是这片神奇的土地以及这片土地上的万物生灵。对于一般人来说，这些事物只能算是生活中的一种陪衬，生活重心还是在妻子、孩子及工作上。而我眼中的美好事物则是日升日落、溪水林木、古朴的房屋、和朋友推心置腹地聊天、诗情、画意以及对人生的思考。而我在工作的那段时间里也同样热爱着我的工作。”

我问他：“你工作做得很顺手吗？”

他答道：“当然，工作业绩非常好。我头脑清醒，认真谨慎，而且有时还能从工作中找到乐趣，但这并不是我所追求的。我之所以放弃了工作并不是因为我厌倦了工作，而是因为我变得越来越依赖于它了。再不停下来，就会变得离开了工作什么都做不成了。”

“可是你的理想怎么办？”我追问道，“你不想成为一个有用之人吗？比如通过你的努力为更多的人谋求更多的幸福？”

我的朋友笑了笑，对我说道：“我亲爱的朋友，你知道自己的论调很老套吗？我当然希望看到人们生活得更加幸福安康，我自己也是他们中的一分子，可是我该怎么做呢？多数人对于幸福的理解就是让人变得富有。他们想要锦衣玉食、功名利禄，想要成为教会执事、镇会议员，甚至成为国会议员。普通大众的理想是传统观念灌输的产物，再没有比这个更缺乏创意的了。我不盼望着所有人都发达富有，恰恰相反，我希望人们少些财富的牵绊，生活变得再单纯些。牧羊人终日在外风吹日晒，忙忙碌碌，却能遍赏人间美景；小店店主被困在柜台后面，整日被猪油和奶酪的气味包围着，白天点头哈腰迎来送往，晚上只能靠喝点烈酒来解闷。你觉得哪种人活得更快乐些？当然，那些心态健康的人无论做什么都会感到快乐的。但是英国人一直以来都认为对财富的追求是天经地义的，这是相当危险的想法，且毫无高尚可言。

“如果我按照朋友们的话去做，整日醉心于工作，我会变成什么样子呢？也许我能赚到好多钱，比预想的还要多，但我的生活中除了工作就是工作，再无其他乐趣。我心里很清楚，也许别人会觉得我很懒散，不脚踏实地。假如我是先知，我就能轻而易举地去抨击别人，对生活指手画脚，可惜我不是。所以，我只能沿着自己的生活轨迹来生活，尽己所能去找寻、热爱一切美好的事物，这些都是上帝赐予我们的。我自认为不是一个大善人，我所认识的慈善家当中很多人都是令人感到乏味的家伙，他们追逐私利，一心想要把一切都据为己有。我觉得我本人是一个自立的人，我总觉得人的生活道路应由自己来开拓。虽然在别人有难时我还是会施以援手，但我仍然坚信每个人都有自己的生活圈子，大小不尽相同，但各自独立，每个人都在各自的圈子里怡然自得。倘若真能如此，那么整个世界也就一下子变得没有缺憾了。”

我说道：“听到你至少肯承认世间是有缺憾存在的，真让人高兴。”

“哦，的确如此。”他接着说道，“于我而言，世间确实存有缺憾，但是我私底下认为弥补缺憾的活儿应该是上帝的，还轮不到我。我知道现在世界正在逐渐发展、进步。在过去的这些岁月里，我们先是置敌于死地，然后再帮助他们复苏。我们在此过程中逐渐看出端倪，看到了战争本身荒唐至极，但这一点对于我来说远远超出了我的能力范围。我又不是哲学家！我认为我们应该做的就是私底下保持着耐心，做个善良勇敢的人，这就足够了。

“和你讲个真实的例子吧，我有一个牧师朋友，心地善良、工作认真，是个有胆有识且和蔼可亲的家伙。他在一个离这儿不远的小镇上做教区牧师。他热爱自己的工作，并且做得得心应手。他在教区里深受年轻人的欢迎，他为上百个大大小小的机构服务。他还称不上是位传教士，但是从他身上总是能散发出一种魅力，让人能感受到他的慷慨、诚恳和愉悦。因此，人们不会错过这么好的一个牧师，他们让他当上了主教，所有的朋友都劝他一定要接任这个职位。这个可怜的家伙写信告诉我他其实并不太想要这个职位，但是他不敢拒绝盛情。我回信对他说了我的想法：我认为他所从事的是一项平凡而严肃的工作，建议他最好能持之以恒，可结果却是他没能做到。最后他怎么样了呢？他每天烦躁得要死：他得到了一处大房子，要做一大堆的家务；他每天要四处拜访走动；他开放教堂，为信徒施坚信礼；他做着一场又一场的布道演说，却很难打动人心。他所有的时间都在处理教区纷杂的琐事过程中被一点一点地消耗掉。我并不否认他的影响力，可是他的个人价值主要体现在他对邻里和朋友的关爱上，而非这些行政杂事上。他不是一个头脑灵光的人，既没有提出过什么有建设性的意见，也没有提出过有见地的主张，他就是一个平凡的小牧师。我觉得他担任主教一职就是一个天大的错误，还不如改行算了。他这么做的初衷听起来很高尚，其实其出发点本身就是一个错误。本来能成为一名出色的火车司炉工的人，现在却成了一等车厢里的贵宾。”

“好吧，”我说道，“我承认你说的有几分道理。可是，如果真的遇到这类机遇，直接顺应天意不是来得更简单吗？这么做不也是上帝的安排吗？”

“所有人皆是如此！”我的朋友接着说道，“我不否认这的确是个难题，不过一个人就应该直视自己的内心，遇到问题就应该有勇气坦然面对。他得万分肯定他所遇到的机遇是上帝的召唤，并非世俗的诱惑。可是我觉得刚才我提到的那个牧师朋友的事应该属于后者，他生来就是个当牧师的料。总而言之，我的观点就是上帝绝对不是为了让我们能为他人如何才让我们来到世上走一遭的。假如某个人真的有所作为，那么他必然会造福于他人的。我从不认为出席社交集会或是写些没有营养的文字就叫生活。社交集会并不是必不可少的，只不过是某些碌碌无为的人用来打发时间的方式罢了。人家想要自娱自乐本是无可厚非，但应该进行得低调些，如果弄得劳神费力、大张旗鼓就不应该了。唯一不容置疑的就是只要是人就离不开工作、吃饭、睡觉以及死亡。我所推崇的是人们能够投入地工作、尽情地吃喝并充分地休息，希望人们能心神愉快地享受休闲时光。我用二十年的时间完成了一个正常人一生需要完成的工作，接下来的时间我将遵从上帝的意旨用来休闲。我不喜欢独自偷欢，而是和友人一道一边享受美食一边欣赏世间美景。”我的朋友友善地望着我，给了我一个大大的迷人的笑容。

“有道理，”我对他说，“你解释得很清楚，真是听君一席话，胜读十年书啊。对于任何事情你都有自己的想法，真的很了不起。”

“嗯，”他答道，“当一个人没有十分的把握时愿意去请教别人而非对别人指手画脚，这样的做法就很值得称赞。人们常犯的一个错误就是总是忘记自己还是一个学习者，总想着坐在老师的位置上对别人拍着桌子、吹胡子瞪眼。”

后来我们又聊了些别的，又静坐了一会儿，一直待到日影偏西，倦鸟回了巢。树木在夕阳的余晖中摇曳，海水则被夕阳染成了红色，那太阳留下最后一抹金光后便隐没在海平面下，再不见踪影。

第二十二章

工作的快乐

我今天决心要做一件很神圣的事情——我要去阐释几个寻常的道理，并证明它们是正确的。当一个人心悦诚服地认同某一观点时，那便是一个非常神圣的时刻。所谓的寻常道理其实就是人们在成长过程中产生的感悟，在实践中悟出某一真理就意味着这个人在人生中又上了一个台阶。

首要的道理就是我们多数人所从事的都是自己喜爱的事业，由此推断出我们大多都喜欢我们所从事的事业。

当然，前提得是我们默认为大家都必须去做点什么事情。于我而言，似乎大家都能在工作中或多或少地找到些乐趣，甚至还会以某种方式为之窃喜一下。一点都不为自己的工作成果感到骄傲的人还真是不多见。别人可能并不认同我们所从事的工作，即便是那些从事着极易遭受飞短流长的工作的人，也不可避免地喜欢表扬，厌恶批评。某一天，我就恰巧经历了一次这样的事，在一座我常去的教堂里，负责弹奏管风琴的是一位名不见经传的小琴师，已年过花甲，几乎没有一个音能弹得准，他也会尝试着去踩踏板，但基本属于徒劳的动作。近来几日，他拙劣的演奏技术已激起了很大的民愤，起因是教堂内添置了一台新的管风琴，音量比原来那台要大上许多，而那位弹琴的老人依旧不知所以然地弹奏着。当地居民被逼得想要联名上书，请求牧师开除这位老琴师，我最后一次去那间教堂做礼拜时，忽然发现有一段赞美诗唱得特别动听，它使躁动的灵魂得到了安抚，让人感到好像它正在向虔诚的信徒传递着某种信息。歌中唱道：“我衷心地希望他人不要战胜我，因为当我失足跌倒时，他们会在一旁幸灾乐祸，即便是我的死敌也不行。”在演奏过程中，这位郁郁寡欢的琴师突然插了一段凡丹戈舞曲。我无奈地望向教堂管事，发现他的嘴角抽动了几下。

当天下午，我在散步时偶遇那位琴师，我好言安慰他说新的乐器都不太顺手。他面无表情地看了我一眼，然后对我说也许有的人弹奏新琴时会感到不太适应，但是于他而言根本没什么差别。他接着告诉我有哪些知名音乐家曾称赞过他。但在我看来，要么就是他记错了，要么就是人家只是在礼貌性地恭维，甚至也有可能就是明褒暗讽。我足足听了五分钟，然后发现他已经自负到不可救药的地步了，因为他坚信弹琴就是他的毕生事业。

我记得在我担任校长时，我的一个同事可以被称作是散漫和聒噪的代言人。一次我与他无意中聊起想要遵规守纪有多难，觉得他可能会对我这样善解人意的朋友大吐苦水。结果他对此事的看法竟使我大跌眼镜：他认为虽然别人也遭遇到与他类似的困扰，但是他要比别人更会处理这类问题。

我觉得自己的判断标准应用性极强：如果一个人能看透那种被视为一无是处的人的心思，那么我们就会发现那些人对自己的才能、办事效率等都是很自负的。我遇到过的人当中的确有个别人对自己的工作成果不甚满意，但他们却往往是那些能够出色地完成工作任务的人。他们在工作方面自我要求极高，稍有差池就会自责不已。若是再严重点，他们即便能坦诚地面对自己对自己的不满，这种不满情绪也极易转化成深深的自我憎恶。

但在我的一生中也有一次是例外：我遇见一个人，他能出色地完成自己的工作，却不带丝毫骄傲与自满。能做到这个地步的人一定具有极强的毅力和自制力。

我并不是说如果某个有工作的人某一天突然获得一笔意外横财，他对工作的热爱能支持他继续做下去。多数人都不相信自己有能力去过一种快乐、高雅的休闲生活。同时又有很多人渴望过那种绅士生活。所谓的绅士生活就是指那种没有专职工作的人过的生活。

尽管如此，我们多数人还是热爱自己的工作。人们拥有某种天赋，并逐渐将它发挥运用，虽说距离完美还很远，却构成了快乐的源泉。总的来说，我们在择业时，主要依靠的就是我们感觉自己比较擅长这个行业或对该职业具有浓厚的兴趣。

我们一直在受着一种快乐幸福的错觉所误导，我们逐渐爱上自己的职业，并且觉得自己的做法非常正确。一位传道者曾经说过，我们不能自欺欺人地认为自己比他人更加富有、更加漂亮、更加勇敢、更加出类拔萃。可是没有几个人不私下里认为一旦这些优点被别人发现了，我们就能变得更加具有吸引力。

先将手边的工作放一放，重新回归到普通的社会生活中去，此刻我坚信世上会有那么多人不善言语的唯一原因就是有一种理念在人群中广为流传：他们相信自己有能力对自己所处的场合产生兴趣，并从中获得快乐。人们应该牢记这一点，每逢那些口若悬河的人在大放厥词的时候，应该做到洗耳恭听。我曾有过一次糟糕至极的经历：一天晚上，我与一位老人聊天，他一直碎碎念不停，这让我如坐针毡。于是我就想说点恭维的话，却又发现实在没什么可值得夸赞的，只好夸赞他非常和蔼可亲。过后我为自己的言不由衷而懊恼不已，从此以后，我接连不断地受到那位老人的邀请。美国人习惯把那位老人叫“被拍马屁的人”。不仅如此，每当我和他闲聊时，他都会刻意地东拉西扯以此来延长谈话时间。从那以后，我总是对圣詹姆斯抱以深切的同情，因为他曾绘声绘色地描述过舌头的可怕威力。通常来讲，喋喋不休的人并不就是指那些自私自利、乏味无趣的人。他们总是专注地致力于一件事情，并且乐在其中。所以说这种人是最难被改变的，因为他们是非常明了真善美的。

总的来说，我们不应去打扰他们，除非我们有把握能改变他们。去打扰爱唠叨的老好人的幸福生活是一项艰巨的任务。无论在工作中还是生活中，鼓励我们的朋友相信自己也许是更好的办法，当然前提是他们的所作所为是无害的。因为的确存在一些爱唠叨的人，他们的行为不仅不是无害的，而且还极具杀伤力。有些爱唠叨的人只需对某件事情表示出一丝热情，无论大事小情，都会令人望而却步。这样的人应尽可能地减少人际交往，应该像传染病患者那样被隔离开来，当然这样的人属于个例。通常说来，一个人总是通过不懈的努力去获得认可与称赞，以此来让自己更加快乐，即便是享受努力的过程而非结果也没什么大不了。这样做还有一个好处，那就是它可以使人变成一个受欢迎的人。

第二十三章

修道院

我和我的伙伴互相追逐在延伸至远方的茂盛沼泽上，清新的风儿吹动着欢愉。阳光穿过金色的雾，投射在一望无际的牧场上，显得暗淡而祥和。平原景色固然唯美，然而在我眼中，还有些更为美丽的东西，那便是这美景所给予我们的豁然与安宁。远方成排的树木，更远方矗立的教堂塔楼，无限延伸的堤坝，果园中若隐若现的村庄，正是这“天空之寥廓与田野之静谧”下，让人寄身在修道院的豁然中，享受安静的田园生活。

宗教场所的遗迹现已是一座农场，位于一个小缓坡上，这里原是沼泽上的一座小岛，我们很快便走到了那里。原教堂前两个高高的圆柱子如今成了门柱，而农舍则位于离主路较远的一片古老的大牧场中间，周围有许多粮仓和外屋，还有胡桃树。牧场上有许多坑洼地，如今则被更加嫩绿而茂密的草覆盖着。农舍本身是一座格鲁吉亚风格的造型不规则的建筑，橘红色灰泥筑成，表面粗糙，花园中散布着枝条恣意伸展的珍贵的黄杨树。在一处处大棚中间，其鳞次栉比的瓦片屋顶格外醒目。我们遇到了一位和善而健谈的老工人，他带着我们在果园里走了一圈，走过陈腐破败的满是壁龛的石墙；越过一排已经干涸的养鱼池塘；昔日的修道院餐厅如今变成了大粮仓，里面堆着高高的谷物和稻草；我们走过猪圈，猪群自在地在泥土里翻滚；我们趴在篱笆上，望着一头猪皱着脸，发出刺耳的咕噜声，好像在为等不到食物表示不满。向导又带我们来到了房子那里，曾经的教堂耳堂如今改成了酿酒坊，依稀可见一排台阶，向上延伸，通往石墙上的一道门，里面曾是寝屋。曾经每夜，睡眼惺忪的修女们都瑟瑟发抖地走下台阶，来到寒冷的教堂里做祷告。教堂的中厅里有许多诺曼风格的拱门，那里曾是门廊。

整个场景有着繁忙而宜人的父系社会气氛，无论是静谧的富饶还是高高堆起的粮草和饱食的家畜，都带着一股尊严，毫无做作之嫌。虽然这里没有刻意的美化雕饰，却充满了合宜而平凡的魅力。带着我们四处游览的老伙计，滔滔不绝地介绍着当地旧习，林林总总。他见我们这些陌生人对这里如此感兴趣，语气中透露出些许的骄傲，脸上写满了即便每日风吹日晒却依然满足的神情，这是常年处于室外进行简单劳作的结果。他的绑腿上满是补丁，一块帆布用绳子围在腰间充做围裙，让人感到同样的简单与得体。我们闲适地四处走动，看到了很多美景：一棵棵老榛子树环绕着果园，被老向导称为“铁血战士”的花朵伏在破败的墙头；鸽群在空中改变飞行方向，留下响亮的振翅声。最后，老向导让我们自己在四处随便转转，而我们则沐浴着阳光，慵懒地坐在破旧的安装架上，自在地遥望着眼前的景色。

我们本打算描绘一下建成这处庭院的僧侣的生活，也曾猜想这一定是一种更加安宁的幸福。我们曾试图想象古典的建筑群，古老的教堂、回廊、粮仓、外屋。冬天一到，我们的教友们肯定要忍受严冬之苦。晨时礼拜和睡前祷告成了白天和黑夜的分割点，生活很单调，时间总是一晃而过，好像所有人的生命都与单调签订了一个契约。本笃会的僧侣们并不崇尚苦行，他们信奉在露天之下从事人力劳作。最初的耕作很可能也是由僧侣们自己承担，直到他们渐渐富裕起来，才开始雇用劳工，而自己则回到更加简单容易的打理花园的工作当中。也许他们之中有少数是真正虔诚之人，醉心于祷告和设立美好的愿景，心中犹如有团火在熊熊燃烧，然而大多数人还是比较安静的，喜欢聊一聊升职的机会，谈谈土地和农作物，还有路过这里的旅人和教徒，并以此为乐。除了教会中的管窖人因为工作需要，必须骑马到集市上，大多数人终其一生都没有离开过教堂周围，最后埋骨在教堂西面的小小墓地里。我们曾以为这里的生活和这座教堂曾像今天这样多姿多彩，然而我们错了。教堂相较其他建筑破败得更为严重，餐厅肯定是建成还没多久就经历了天主教被解散事件。然而，这处由瓦管道排水的建筑以及它粗糙的石墙，必然曾经弥漫着古怪而不同寻常的氛围。

或许这里曾经是一个舒适宜人的社会，固定的作息，管理人们行为的规范，必然使得住在此处的人健康而幽默。当然也少不了闲聊杂谈，肯定有一个并不讨人喜欢、生性妒忌、老谋深算的教友，在这样亲密的小社会里挑起无数争端。有人大胆地猜想，这里的生活或许同大学生活很相似，可他大错特错了，大学是自由的，有些许条条框框维持秩序足矣。而修道院则意味着禁锢，只留些许自由让人们不至于太痛苦。

不过这一切都过去了！修道院原是为心静之人与外面嘈杂世界隔绝而筑起的壁垒，然而如今已不再需要了，僧人的使命已经完成。我们坐在院落里，老僧人们的骸骨已经在这里腐烂，然而这些年来我一直对他们有着深深的感情。每每想到他们忙碌的身影，强健的体格，开心的精气神儿，从篱笆里遥望清澈的湖泊和生满苇丛的河床，在这熟悉的景色中渐渐变老，从寝屋搬去养老院，再由养老院移身墓地，我一方面为他们欢喜，另一方面又为他们惋惜。他们也曾像我一样，惊喜于春天的到来，陶醉于春风的和煦，欣赏着果园里娇嫩的花朵渐渐长高又继而凋谢。我们也有过相同遐想，我们曾惊叹于春日暖阳下那份难能可贵的宁静，这些念想一定也曾闯入老僧人们的脑海。也许，他们与身为后人的我是心有灵犀的。

尽管缓慢的变换消解了曾经的忙碌，最终成就了眼前这座宁静的农场，但这里依旧蕴含着希望。教堂慢慢衰败，逐渐沦为废墟，只剩下断壁残垣，那场景一定非常令人感伤，然而伤痛愈合的能力却是惊人的！大自然面对人类的躁动不安一笑了之，开始用自己的和谐之力装饰遗迹，让这一切更加美丽，在破败不堪的祭坛和摇摇欲坠的高墙上耐心地书写着美的诗篇，用新鲜的生命力去填补裂痕，温柔地把破碎的片段拥入自己的胸怀。我们为何不能学习大自然去拒绝忧伤和苦闷，集齐所有遗留之物，安心明智地静待新的转变呢？

就这样，我一边慢慢地思考着，一边说服自己，直到犁地的马儿咔嗒咔嗒地跑来，劳工们拖着疲惫的身躯返回自己幸福的小窝儿，太阳在灿烂的橘色光辉中消失在地平线。

第二十四章
华兹华斯

我曾记得小时候来过瑞德山，一定是在某种梦境中我乖乖地被带到了那里。然而，关于那里最遥远的记忆早已不在，只记得一小段石头砌成的阶梯，那是给我留下印象最深的事物，感觉它在某些方面吸引着我。我猜想，也许因为我曾读过太多关于那里的描述；不过最近当我又拜访此地时，我才发觉这里与我想象的完全不同。我一定要提及一下目前居住在此的佃农给予我们的热情，他们属于那个神圣的王朝，我由衷地欣赏他们展示出的考究礼节，即便已重复了一百次，他们也会用同样的热情，兴致勃勃地带我们游览此地，就好像我们是第一批来到这里的朝拜者。

我们落脚的第一个地方，其整体的简宁气息让我备受震撼。这里就好似一处小小的田庄或农场，这里的房屋矮小，有一股家居氛围，最适合一大家族的人亲密无间地生活在一起。从大门看去，几乎看不到房子。从一个树林荫翳的斜坡巷子里穿过去，是一片铺满碎石的区域，它通往小房子的侧面。房子的选址非常具有艺术眼光：前面的路非常陡，从那里可以望见一个大峡谷，最尽头是温德米尔湖，碧蓝一片，就嵌在树木葱郁、黝黑一片的山脉间。房子后面的地面陡直上升，一直连接到怪石嶙峋、杂草丛生的纳布大裂缝，道路通往山间的一条绿色峡谷，一个无比幽静之处。

在这个温暖而荫翳的山间隐匿处，在向阳的一面，植被像热带植物一样繁茂地生长着，所以这里并不同于典型的英国风光。月桂树和杜鹃花生长在浓密的灌木丛间，枝繁叶茂，繁花盛开。房子下面还有一片小果园，那里花香四溢，还能闻见阳光洒在小径及树篱上的味道。小梯田随处可见，石墙垒砌在陡坡两边，景天茂盛地生长着。其中一个小梯田的下方有一个茅草顶棚的凉亭，那是诗人经常歇脚的地方，下面又是陡峭的岩石、杂丛和蕨叶，眺望下面的树冠，隐约可见掩映下的瑞德湖水。

英国诗人华兹华斯在这里居住了三十余年，距他离世已经过去了半个世纪。他曾是一位娴熟的园艺师，而且我相信在他生前建这些小路，布置整个院子时，营造出来的氛围一定具有某种新鲜感，与古老野生的静谧山坡形成鲜明对比，使得这里如今都依旧存留着这种遗世独立之感，静谧而井然有序，好似要永远这样保持下去。有一个细节值得我们注意：贴近房子的下方，有一个又圆又矮的土堆，上面长满杂草，看起来有些古怪，传说这里曾是村中召开会议的场所，可以追溯到父系原始社会时期，该地也因此得名。

我脑中一直思考着这位高贵、简朴、固执己见的诗人，他给人一种生来老到的感觉，好似未曾年轻过；我在屋子和梯田里漫步时，脑中不断回想着弥尔顿的诗词：

他现身山林，驻足此树下；

松树间传来他的声音，他向泉水不断地诉说。

此地弥漫了他所有的遐思、他对自然之美深邃而宁静的敬畏以及他对这片热土的喜爱之情。

窃以为对华兹华斯的记忆不会唤起人们深沉的依恋，我不确定过去的人是否会怀念他，除非有一段关于他们的引人怀念的哀婉诗词，除非对他存有一丝同情，想要给予安慰，并对他敬畏有加。我经常待在谢莉居住过的房屋里，她曾在那里度过狂喜与苦痛参半的日子。如果静静沉思，努力重塑她生活的画面，谁人都能感觉到她经受了太多不必要的磨难，谁人都想尽可能庇护她，或是至少对这个伤心至极的灵魂给予同情。人们可以理解很多年前受苦的人们，他们因意识到生命的短暂与衰败而倍感苦痛，而其对土地、生命以及美的热爱将永远被这份苦痛所掩盖。

而华兹华斯并没有被这种悲痛之情触动，他有着非常丰富及平静的内心，可以毫不夸张地说，他可以依靠自己完全独立于世。即使是他必须承受的苦痛和伤逝都被他轻易而成熟地化解了。他清楚地知道自己想要什么，并如愿以偿。他凭借着自己强壮有力的双腿走过无数美好的路，他有足够的钱财使自己过自己想要的生活。他选择了最心仪的住所，名气渐渐稳固，成了名士，受到了世人无比的尊敬。他从没表示出希望被同情，他像那些自耕农一样，强壮并自给自足，而实际上他本人就是一名自耕农。正如耕作是农民的职业一样，作诗就是他的职业，他把作诗作为毕生追求的事业，倾注心血，这与农民对待耕作的态度如出一辙。

华兹华斯全身都有一股强大而纯粹的骄傲，强大到浮华无法侵蚀，纯粹到自负无以滋生。他是文学史上为数不多的极其幸运者之一，大多具有艺术性情的人必将受过度敏感和优柔寡断的折磨，而他则全部幸免。他从未对生命的价值有过任何疑虑，他书写生命完全出于热爱，他饱食欢饮，他漫步畅谈，每每都非常享受。面对世界的神秘，他心怀由衷的敬畏，但是他没有不安的疑虑，没有困惑，没有无果的忧郁。

对于所有的同伴，他都同样尊敬，并没有显示出对谁偏爱，他从不怕别人说他荒谬或浮夸。他最爱的读物就是自己创作的诗歌，他想让所有人都喜欢他的作品，因为他深谙其至高无上的地位。他误以为是自己对诗歌和美的感知，使得他纯粹而宁静。事实上，正是他性情中的纯粹和宁静使得他享受了这么多。他的生活平淡无奇，他并不是从磕磕绊绊中学来了宁静和淡漠的态度，这些素质是他与生俱来的。

然而，这是多么美好、纯粹、高贵、温和的生命啊！走在他曾住过的山水间，低吟着他写下的沉静诗篇，沉浸在这份冷静与平和之中，在那些不爱言语、不喜外出的伙伴身上寻找相同的严肃品质，每逢想起他，不禁让人心情难以平复。不过，我们还是想把他视为一位父亲或神父，而非兄长或朋友。他是领袖和向导，并不是我们的伙伴。我们必须清楚，虽然他也许可以把我们的心引向正确的方向，我们并不能通过认同他的认知，得到那份纯粹的平和与庄重的宁静，除非我们的灵魂也是同样沉静。在某种心境下，他平静而热烈的人生并不能支持和鼓励我们，只会给我们带来无法言喻的忌妒。然而，当我们在他朴实无华的房间里闲坐，在他的小梯田间踱步时，脑海中确实会产生一直向往的平静，对所有肮脏卑鄙行径感到不屑，对所有俗世企图及野心感到憎恶。

在丘陵上、在林木掩映的小径间唯一的声响就是山下的道路上传来的来往车辆——汽车、马车、公共汽车乏味的声音，这是他伟大之处的缩影。可怜的是，天才如他，留下的影响之一竟然是人们开始纷纷效仿他的隐退之举。清澈的湖泊边、崎岖的山脚下盖起一排排别墅，在仿制的绝壁旁边长着满是柔毛的白蜡树。叽叽喳喳、空洞冷漠的旅者从道路上经过，吃过饭就离开，一拨又一拨。鱼龙混杂的俗人的入侵对于这个神圣的地方而言是一种亵渎。有人不禁绝望地期盼着能有一位代表孤寂之美的精灵出现，来劝告一下这些凡夫俗子。不过我们从中又能得到何种慰藉呢？如果我们的诗人预见了这一幕，他会怎么想呢？

我从山路上走下来，穿过山谷中的主路，路上布满了尘土，车辆轰隆隆地驶过，挤满了抽着雪茄读着报纸的男人、疲惫不堪的女人以及孩子们。那些孩子的唯一心愿就是能从岩缝和隐秘树丛里多采摘些蕨类植物和花朵。我爬上了大裂缝对面的一个小山坡，绿色一直蔓延到山顶，山脚长满了树木，坚韧的树木深深扎根于灰色的悬崖上，在我眼前构成一幅壮丽的美景。我穿过长满光亮蕨类植被的小路，激起一团团飞虫，它们振翅将我包围。我走过寂静而隐秘的地方，几眼泉水正是从这些高沼地中浸润而出，我边走边思索着让人迷惑的大自然之道。这位伟大诗人的生命和理想融入高山中，是多么令人敬畏。然而这些换来了什么？愚蠢的陌生人哼着小曲儿走在他神圣的隐居之处，商业开发将这里玷污。这一切导致了徒劳而无望的悲哀。

尽管如此，山脉依旧宁静，夕阳西下，在金色烟雾环绕的至美光辉下，沉入影像模糊的山脊。山谷在脚下延展，起伏的森林，黑暗的沟壑。此时我心中，一份从未有过的向往油然而生，就在橘色的夕阳渐渐褪去、高高的山峦继续伫立坚守之际，我向往这背后宁静的秘密。那里究竟在发生什么，是怎样庄严的盛会，怎样甜美的神秘，我只能尽力去凝视与领会这一切。可我一无所知，我只知道如果我能领会和表述，世界将静待我讲出来；它的渺小、它的卑微，会在这威严的日光下散去；上帝的安宁之气将悄然迅速地传至远方。

第二十五章
多塞特郡

我现在开始了另一段旅程，这周跟我最好的朋友一起来到了多尔切斯特，我们兴趣相投。跟他在一起，我可以一言不发，也可以谈天说地，无论脑中的想法多么异想天开都可以说给他听。世间比这更美妙的事少之又少，我心怀感恩地记下这些宝贵的时光。

我的印象中，多塞特郡是一个古老的地方，宽阔的丘陵地带好似高耸岩石的山基，经过长年风雨洗礼岩石已变得平整光滑，线条柔美圆润，一点点被带到山下的冲击平原上。在茂盛的草原上，清澈的溪流和小河交错纵横，在这水草繁盛的季节，河床里的水涨得满满的，牛安静地在这儿饮着水。丘陵上，人们犁地播种，丘陵一路延绵至天际。这里随处可见大片石楠和松树，这里同样有一股古老的人文气息，这里曾是古人征战的沙场，大型营地、土方工程、壁垒、沟壕随处可见，都是英国人和罗马人的杰作。可以望到海边的荒原上布满了古冢，每一个墓冢下面都埋葬着某位被遗忘的酋长，早已腐烂的尸骨安息在墓下，有几百年之久，曾经接受过某个原始部族的哀悼。有一天，我来到一片长满金雀花的海岬，站在最高处，用灵魂探求埋于地下的古代战士——“你听到这下面有什么了吗？”但是空气中并没有传来答案。然而一天夜里，我梦见一个野蛮人，他长着红色的胡子，穿着兽皮做成的衣服，绑着原始的绑腿，头上戴着用狐狸毛做的帽子，手中拿着铁制的尖头长杖，神情痛苦而一言不发地望着我。谁能确定这人是不是他呢？

之后我们又来到了很多破败不堪的古老据点，那里有高大的石墙，好似散落的山隘巨石，伫立在绿色的山冈上，处于高峻山丘之间。经过一座座村庄，可见许多残破的修道院以及尖顶的教堂塔楼。而在一座座小村庄里，谷仓和牛棚中间伫立着古怪的石头砌成的房屋，有高石墙和很多竖框。其中一个我最喜欢的地方是瑟恩阿伯斯，通往那里的小路蜿蜒在陡峭的山丘间，涨满水的溪流在平坦的草场上流淌。村庄有一种被人遗忘、处于沉思中的气息，很多房屋已经成了废墟。在临近大道的地方建着一座教堂塔楼，其设计大气而优美，塔顶是哥特式的尖尖的设计，由橘色石块雕刻而成，就连被风化的斑驳处也有着微妙的美感。走到村庄的尽头，我们看到了一个大农场，建在教堂遗址之外，其中一个谷仓上还嵌着一个精美的凸窗。在长满迎春花的丛林中，伫立着一个有竖框窗子的精致而古老的门房。很多年来，我的脑海里都一直模模糊糊地记着这个地方，所以现在来到这里，就好像见到了老朋友一样。在地势较高的牧场上，可以看到修道院花园里的古老台阶和土堆，那里曾是本笃会的僧侣们劳作的地方。而且，在山丘侧面，有一个古怪而古老的纪念人像。那是一个野蛮而残忍的裸体人形象，有六十码长，似乎在向北奔跑，手里挥舞着一根满是节疤的大木棍。人像深深地刻在上面，在杂草中时隐时现。没人能猜到这人像有多古老，但至少已经有三千年的岁月，有人说它记录了山谷里的一个怪物般的巨人之死。心地善良的僧人们使他皈依基督教，并给他取名为奥古斯丁。然而，这其实应该是指恺撒口中所说的一个令人害怕的人物，俘虏们被缠绕在一起的柳条绑着，为了祭祀活动，全被烧死了，这是多么荒诞、恶毒而可怕。那里的石头似乎都浸透着一种恐怖、残忍和死亡的气息。据说就在最近，村民们还在那里举行了邪恶而残忍的传统活动。然而，今天这里非常平静，云投下的影子从上面掠过，风吹过草丛传来沙沙声，这里一片宁静，只能听到啾啾的鸟鸣声，山丘上咩咩的羊叫声，以及山下由茅屋构成的村落里公鸡的啼鸣声。

展现在这里的真是一段神奇的历史、记忆和传统啊，古老、悲伤且年代久远！恐惧无助、头脑愚钝的生命被绑着躺在这里，想一想这种可怕的垂死挣扎多么令人难受。烟雾从他们身上飘过，火舌一步步逼近，胜券在握的仇敌们大笑着，围在他们周围欢呼雀跃，牧师们继续着丑恶仪式的最后一个环节。而发生这一切的同时，上帝就在那寂静的天堂里看着这样的日子一天天缓慢度过，设立他神秘的目标！不过，今天在寂静山谷中探索之后发现，那里其实已经完全没有折磨或痛苦的记忆了。

我们爬上山丘，这时脚下的世界就好像一块地图，上面有田野、树林、村庄、教堂塔楼，还有茂盛的平原展至天际，直到慢慢地在迷雾中消失。这样看来，一个人的生命、某人自己的想法、广阔山岭上一个微小的原子的运动轨迹显得多么渺小而无足轻重啊！而在这个世上我真正能确定的事，只有躁动不安的自我了。

那时，我的灵魂突然发生了一丝颤动，这并不常见，但我还是感受到了。深埋的希望，身边掩藏着一个秘密的感觉，要是谁能抓住就好了。还有一种将自己完全交给上帝的安心，而且相信身后有着广阔的现实，只是被挡在恐惧、雄心、欲望的阴影下而已。同时，头脑里又涌现出一些想法，我想所有渺小的人们都在下面的平原上忙着各自的事情，不仅如此，所有的动物、树木、花朵、每一棵草、每一块卵石，它们在这个伟大而可怕的神秘世界中都有各自的位置。然后，我又感受到了上帝那温柔的父性所创造出的，包括我们在内的所有事物之间的友好。这种感觉无法言喻，但它是比思想或灵魂还要深埋在我心里的一道灵光，这是来自心境的信息，让人等待、漫游、歇脚、安定。

第二十六章
波特兰

我会在最后一张速写旁边再加一张小速写，以供对比。我觉得很难在几天的时间内，看到有这样微小而又重要区别的两个场景。在希尔奈，我已经领略了乡村的孤寂、山谷的寂静、牧草地中长长的浅条线、空间与静止以及山谷间隐于丛林中的村庄。今天，沿着一条尘土飞扬的道路一直向南走，起初看到的都是寂静的古代遗迹，比如在梅登堡的杂草丛生的宽阔营地，现在已经成了牧场，但周围依然有大规模的防御围墙和沟壕，它深深陷进白垩岩石中，已被遗忘了一千多年。面向大海的山丘上，星星点点的都是土坟，那里寂静无声，唯有微风拂过。我们登上山顶的那一刻，眼前的景物骤然一变：透过迷雾，我们看到韦茅斯港口的屋顶星罗棋布，数不清的烟囱里冒出的烟向西飘去；海港由细细的防波堤保护着，很多装甲舰浮在水面上，黑漆漆的，看起来危险而巨大。越过这些是波特兰的前方，黑乎乎的，看不清楚。渐渐地，道路旁的房屋也开始清晰起来——那些是由砖石筑成的、装饰华丽的弓形窗别墅。然后，我们来到大道上，可以完整地看到古迹：有着宽大窗户的砖石圆润的宅邸。当时诚实的乔治三世国王在这里度过了简短的夏天，为这个地方注入了生机，让这个安静的海港一时成了新时尚。当时国王居住的屋子，也就是格洛斯特房子，现在已经成了旅馆的一部分，房子大厅里带有大壁柱的窗户隐隐给这里带来一种宫廷气息。我们很快又来到码头，看到带着红色烟囱的黑色汽轮正在卸货，港口里萦绕着少有的喧闹氛围。我们来到了一个岬角，那里由一个老旧的石头砌成的堡垒把守着，看着一艘红色商用汽轮伴随着一声嘹亮的喇叭声热热闹闹地驶进港口。然后我们又翻越一座小山，来到了大内路，眼前船只来往不停，我们在一口井旁小坐片刻，这井曾经是都铎时代的城堡的一部分，如今这座城堡早已坍塌进了海里。然后我们又沿着堤坝来到了波特兰。在我们的右面，切瑟尔海岸耸起，由橘色鹅卵石筑成堤坝，因为一些奇怪的原因，在一个世纪又一个世纪之后，已经慢慢耸起，一直在西海岸筑起十八英里长的堤坝。然后，波特兰岛凄凉的前沿逐渐隐隐出现，接着道路在接近悬崖的地方开始陡峭起来，穿过了一行行灰瓦房屋；在道路左侧，悬崖之顶是线条明显的大堡垒，还有人工修建的斜坡，上面杂草丛生，枪支从枪孔里伸出来。左侧，陡峭的灰色悬崖缓缓向南倾斜，上面弯折不断。街道上熙熙攘攘的人群中，有好多欢快的年轻水手和士兵，这些都是活跃的帅气小伙子，他们都训练有素，从乡下小伙子变成了自尊自重的市民。皮肤晒成古铜色的老军士一手拉着小女孩，然后听着孩子尖声的指示，用另一只手摇着跳绳，这样她就能在他身后跳了。军士看向我们，脸上是骄傲与羞愧参半的笑容，惹得小女孩责备他不把注意力放在她身上。

我们沿着陡峭的道路慢慢向上爬，扬起的尘土让人窒息。这时路上的景色已经笼罩在苍白的迷雾中了，然而鲁尔沃斯旁陡峭的灰色悬崖越过海洋，微微发出一抹金色的光芒。

走到顶后，眼前出现了从未见过的单调景象。整个岛屿可以说像是一头搁浅的鲸鱼，硕大的头和肩部向北对着陆地。当你登上坡顶的一刻，这个怪物庞大而平坦的一面在你面前展开，再斜斜地延伸入海。那里几乎没有树木，只有望不尽的田野，由石墙分割成一块一块的，其间还散布着灰色的房屋，这里完全没有值得目光驻留的地方。最前面的土地已经被翻了个底朝天，到处都是采石场，巨大的如绞刑架般让人脊背生凉的横跨式工事隐隐出现，上面有一个轮子在转动，绳子顺着垂进深渊。一堆堆的灰色碎石中点缀着发育不良的小草，巨大的洞坑，满是阴冷的岩石的沟壑通向海的入口，好似一只巨大鼹鼠挖出的洞穴。堡垒那边的绿色斜坡安静地绵延在那里，蕴藏着一股神秘的力量，甚为壮观。再或者，它就像一幅破旧的由灰色和绿色颜料绘成的水彩画。越过这片碎石，远处呈现出监狱的钝形烟囱，给人以不祥之感，好似给这个冷峻的场景做了收尾一笔。

今天，陆地景观都被迷雾笼罩，好似将这个充满忧伤的岛屿与世界隔绝了。不过，要是赶上天气晴朗的一天，景色一定非常壮观，可以看到内陆的山丘，四处可见高耸锋利的峭壁，越过一片片岬角，下面是长而柔和的切希尔海岸线。但是在海上起雾的今天，这里一定是世界上悲伤色彩最浓、最引人伤感的地方，这里只有海鸥的悲鸣声以及下面传来的海浪声。

第二十七章
坎特伯雷的塔楼

今天一种奇怪甚至恐怖的感觉交织在一起，使我感到一种特别的快意，正如一段持续主音中的一个低音会让人产生那种德国人所谓的“过劳”的感觉。我在坎特伯雷市，那里的中央塔楼周围架着脚手架，从远处看它的轮廓很模糊，好似在来回摇摆一样。我遇见了一个友好而健谈的人，他主动提出要带我到那里去看看。我们爬上了一小段蜿蜒的楼梯，时不时地透过小窗瞥见外面明媚的阳光和盘旋的小鸟。接着我们在一个拱形的空间里爬行，左右都投下了暗影。很快我们来到了天窗的通道，从那里可以看见下面的人在地面上慢慢移动，就像爬行缓慢的小虫子。接着我们爬上一段短梯子，爬出了一扇钟楼的大窗户，来到了脚手架的最下面一层通道。这是多么脆弱而危险的结构啊，因为我们脚下的板条已经被踩弯。然而，这时我感到了一丝喜悦，这是因如此近距离体验身临塔的危险之处而感到的喜悦，是因自建塔以来能如此贴近观看这座塔，领略除了寒鸦和鸽子之外再没被外人所窥探之风貌而感到的喜悦。我观察这精美的建筑，内心深受触动。建筑表面有一行一行的纹路，尽管在下面看这些可能只是小点而已，然而玫瑰或鸢尾花的每一片花瓣都有严谨而清晰的形状，好似生来就是为了让人放在手中仔细端详的。在我看来这是徒劳的努力，但这依旧是精致而美丽的徒劳啊！在那个对上帝忠贞不渝的时代，这些精雕细琢既是为了取悦上帝，同时又是为了满足人们的审美。我们越登越高，到了护城墙上，然后又鼓起勇气爬上一段令人眩晕的垂直梯子，我们来到了塔顶的一小块平台上。风向标刚刚被修好，石头上溅满了渗漏的焊接剂。这时，我终于能愉快地看到广袤的全景：树木繁茂的高坡、跌宕起伏的山岭、在鲜花盛开的园子里耸起的古老教堂的塔楼、在参天古树中若隐若现的宅邸以及东北方的培格威尔海湾白色的悬崖。这让我想起戴斯的画作——从长满野草的礁石上苍白的峭壁拔地而起。在天水交界线上，我看到了帆船的灰影。

近处是大街小巷，道旁是舒适的典型英式建筑，四周是绿油油的修剪过的花园，它们在我脚下像地图一样延展开来。我们从高大的榆树顶向下望去，灰色斑驳的嫩枝在微风中剧烈地摇动，白嘴鸦则在嫩枝上走动。使人高兴的是我竟然看到了令人尊敬的东道主在下面的花园里一边散步，一边读书，身形只有一个小黑点那么大。下方一百英尺是长长的铅灰色屋顶，又宽又直。此时此刻，人们感觉自己犹如上帝一般，望着自己创造的世界一角，看到它是如此美好。人们会觉得已超然于世，看着俗世中人类生活的轨迹，心怀仁慈与同情，认识到人类所处的环境是多么狭小。大风在塔楼顶呼啸着，吹进下面塔楼的窗户。我无法表达内心的狂喜，但是我认为人们产生从这么高的地方纵身一跃的冲动并不是一种病态的心理，也并不是因为头晕，而是出于一种纵情的狂喜。在这一刻，好似有天使在带领我们飞翔，在这透明的空气中飘浮遨游似乎是件极为容易的事情。

可是时间的流逝告诉我们该踏上归程了，在往下走的途中，我们把一只易躁的寒鸦惊得从巢穴中飞起。它已经把好多大树枝叼着运到了那么高的地方，足够建好几个新巢了。它用好多块偷来的帆布给自己的蛋编了一个碗形袋，里面有三颗带斑点的鸟蛋，承载着它们的希望。鸟妈妈守在旁边的高处，等着入侵者赶紧离开。

回到教堂正厅时，一种奇怪的羞愧和渺小感油然而生。那些看起来如此渺小而无足轻重的人其实是跟我一样伟大而重要的人。我感觉自己是一个被逐出天堂的堕落的灵魂。

第二十八章

祷 告

每当想到祷告，我总会很迷惑，如果我们的想法真的能像一个小而清澈的水球那样躺在手掌里，一览无余地展示在上帝眼前的话——我敢肯定事实就是如此，那就没有必要把这些心愿都用语言表述出来了。在我看来，很多虔诚的基督教徒一方面把祷告看成了一定要做的事；另一方面又觉得应该拒绝祷告。有了这样的信徒，宗教就意味着这些人尽全力去相信上帝，然而上帝虽然在听却很少予以回应。但是我觉得这并不是一种说得通的态度。

我承认，仪式化的祷告并不吸引我，它并不能迎合我思想中的某种需求。对我来说，做祷告就要牺牲我所有认为重要的东西——灵魂的持续意志，把自己遇到的问题赤裸裸地展示在上帝面前，表达一个人对其他人的希望，期望世间的苦难能被减轻。当然，做礼拜会在某些触口引发这些想法，但是一个人享有渴望和憧憬的自由，追寻一个思路，在困惑中平静地生活……这些都会在一个人在既定的道路上蹒跚而行时消失殆尽。参加这些仪式需要注意力高度集中，而我并不具备其间需要的灵活头脑。当观点被一一呈现，如果人们停下来沉思、遐想、产生欲念，就会在仪式中迷失，再也跟不上主线了。我并不喜欢各类公开集会，而且把它视作是一种浪费时间的行为，但圣礼除外，因为我个人还是比较喜欢的。这种圣会正在快速地消失，给我一种凝聚力快速消散的感觉。至于那个古老的理论——上帝要求其追随者要不时地团结起来，适当流露出对上帝的赞美——这个观点我连想都想不到。我能想到的最神圣、最单纯、最仁慈的人，一定会为这种为了得到上帝关怀而生出这种念头的行为感到无以言喻的受伤和沮丧。于我而言，认为上帝需要得到认可的念头是对灵魂尊严的一种侮辱。

我最近听到了两个发生在中世纪的故事，它们证实了我的想法。一个故事讲道，曾经有一位虔诚的和尚，因为长期守夜而疲惫不堪，终于在十字架前祷告时睡着了。后来他的头被打了一下，醒了过来，听到一个严厉的声音问道:“这里究竟是祷告室还是寝室?”这是我听过的关于人性和看待上帝的最荒谬的故事。还有另外一个故事，讲的是本笃会最早的修道院的故事。有一个做杂役的僧侣，有很多琐碎卑微的活要做，他心地善良，但记性不好，因为忘了把蔬菜放在水里煮以及忘了自己负责的事，惹得弟兄们很是不悦，修道院里的人就不让他继续参与祷告了。还有另外一个僧人，很喜欢一些世俗的工作，比如做木雕、园艺，根本不习惯做祷告。他看到前面那个僧人的遭遇，心里打算进行效仿，他也在祷告时偷偷溜掉，然后去做自己喜欢的事。修道院的院长是一个爱焦虑却又很谦虚的人，对此不知如何是好。于是他请来了一位非常令人敬仰的隐士，这人住在附近一所房子里，院长心想听听他的建议。隐士来到院长的祷告室，这时做杂役的僧人站起来偷偷走掉了，隐士抬起头，目送他离去，内心很受触动，但是他并没有做什么，只是告诫自己要更刻苦地祈祷。不久之后，故事里的第二个僧人站起来也向外走去。隐士又抬起头，看他要离开也站了起来，跟着他走到了门口，重重地敲了一下他的脑袋，险些把他打倒在地。挨了打之后，僧人谦逊地回到自己的位置，继续做起了祷告，隐士也跟着一起做起了祷告。

祷告很快结束了，隐士来到院长的房间讨论这件事。隐士说："我记住了你跟我说的话，敬爱的神父，看到一个僧人从祷告席上起身之后，我问上帝我该怎么做；不过，我看到了一个非常美好的场景，我们的这位兄弟身边出现了一个闪闪发光的人，这个人的手正放在他的袖子上，所以我相信，这位伙伴是上帝的天使，他来引领这个小兄弟，一起为上帝服务。于是我更加认真地为他祷告，可是当我们的另外一位兄弟起身时，我看向他，我看到他是被一个赤身的清秀小男孩拽着袖子，而且他的身上是灰暗无光的，所以我确信他不是来参加我们的神圣祷告的。他面带讥笑，好似内心被邪恶占领了，于是我也站起来跟上他，正当他们走到门口时，我瞄准他狠狠地打了一下，因为上帝告诉我要打那个小男孩，正好打在他的头上，所以他险些被打倒在地，于是我们的这位小兄弟又回去做祷告了。”

听到这样神奇的话，院长很惊奇。之后他笑着说：“在我看来，我们的那位小兄弟是被迷惑了。”“很有可能是这样。”隐士说，“因为我当时看到他和那个小男孩很亲近，小男孩一定是冲着他的耳朵说了什么，但是因上帝的荣耀，我们亲爱的兄弟一定不会再犯了。”

在这个有道德寓意的古老传说中，有很大一部分道出了真实的情况，但我不想在这里讲有关道义的内容。我想说的就是，这个关于祈祷的古老说法虽然看起来太过简单而且幼稚，但在今天看来还是有一种特殊的活力。它的一个前提是祷告这个举动本身就是为了取悦上帝，而这正是我所不满意的地方。

这个说法在今天的罗马天主教会比在我们这里更加盛行。罗马天主教的神父并不是从一开始就要全身心地履行神父的职责，他的主要工作就是做祷告。如果不认真对待每日祷告，这在道义上就是一种罪过，如果他真的承认了的话，他的神父生涯就走到了尽头。在我看来，这与《福音书》中所表述的有关祷告的说法没有什么关系。在这里，这种直接而非正式的持续而秘密的祷告行为，对所有基督教徒来说是必须做的事情。然而，我们的主却似乎对这种流于形式的冗长的公众祷告形式非常不满，甚至完全反对这些礼节。主要求信徒们要一同做的唯一礼拜活动就是一起吃圣餐。我承认，在华丽的建筑里进行正式礼拜仪式的这种说法已经远远偏离了个体信奉宗教的单纯，而这正是基督教所要达到的目的。

我个人对祷告的想法是，它不应该被规定特定的时间或特殊的姿势，甚至不一定要用语言表达，它应该是不懈地升华心灵，努力将手伸向上帝。我不认为我们应该向上帝祈求我们想要的东西；我想我们的真切欲望，我们的畏惧、打算、计谋、希冀，每天都会在我们心中产生不下一百次，我们对财富、成功、影响力的渴求，很容易被上帝看穿，就像人能辨别出他的水晶球里游走的细小微粒和细丝一样。但是我觉得我们可以请求得到引导、指引、帮助；我们可以把我们做出的令人焦虑的微不足道的决定展示给上帝看；我们可以向上帝寻求力量以承担重任；我们可以把希望别人幸福的愿望、对祖国的愿望、对饱受折磨的人的同情、对残酷暴行的畏惧，一一呈现在上帝面前。这就是我所相信的祷告的力量，即把愿望都展示给上帝，并由此发挥出自己的力量。如果我们放弃祷告，或是只为了一己之私而祷告，我相信我们会渐渐变得卑鄙小气、自我而软弱。我们可以把具体的愿望是否实现交由上帝决定，但是我们要始终对在我们之上的高贵而慈爱的神灵张开双臂，打开心扉。

我的一位朋友对我讲起他经常去军事医院看望的一位俄罗斯农民，在他们最后一次见面时，那位农民说他要告诉我的朋友一句非常灵验的祷告，每次都能得到上帝的回应。“除非遇到了极大的困难，万不得已时，”农民说，“不然千万不能用这句祷告。”然后他说出了那句祷告：“主啊，请记得戴维国王和他所有的恩赐。”

我从未试过这句祷告，但是我试验过上千次在遇到困难、有所诉求、满腔怒火、在面试前焦虑不安、马上要开始书写一段难度较大的文字时，临时做祷告的作用。往往在祷告之后，私欲会消失，怒火会收敛，面试中言语得体，写作中语句顺畅。尽人事，听天命，这是我们能做到的最好的程度。

当然，我知道很多人通过礼拜式的祷告，来寻求上帝的帮助，对此我表示由衷的庆幸。但于我自己而言，只是墨守成规，在有限的时间内进行祷告仪式的话，我不会受益很多。我至今没有放弃参与，因为在一座古老而美丽的建筑中，举行庄严的仪式，在音乐和典礼中，确实能振奋灵魂，带来欢愉。即使是更加简单的祷告仪式，也会有一些东西隐隐存在，使人沉静下来。但更深层次的奥秘在于祷告是灵魂的一种态度，而不是一种仪式，它揭示的是个体的神秘，而不是庄严的浮华场景，我会让每一个人都用自己的方式祷告。对于那些认为礼拜式祷告更受用的人，我也不会试图打消他们的念头；对于那些认为礼拜没有意义的人们，我也不会予以打击。真正的奥秘在于我们的目的是与上帝建立联系，坦诚而虔诚地信任上帝，谦逊地侍奉上帝。我确信上帝给予他所有的孩子们的爱是一样的，但上帝最靠近那些每时每刻都攀依他的人，那些与他静静道出真诚的人。只有上帝知道为什么要把我们安置在这样一个让人迷惑的世界，一个交织着喜悦与痛苦、黑暗与光明的世界。我们能做到的就是足够明智和有耐心，跟随上帝给予我们的启示，来到阴霾黑暗中，因为上帝似乎就停留在那里。

第二十九章

雅各布的弥留之榻

一天早上，我听到颂诗的声音从小教堂里传来，在我看来那个章节是《圣经》中最美妙的地方。当听到有人朗诵时，我感觉就像是在对美的最高境界进行检验，让我有生以来第一次意识到它是多么完美。它是《创世记》的第四十八章，以法莲和玛拿西的祝福。雅各布身处一个古老的时代，虚弱到筋疲力尽，安然顺从，过去的事情像梦一样掠过灵魂深处。在这种心境下，人很难搞清楚幻想何时开始，真相何时完结。当雅各布听说自己的儿子约瑟夫就要到来，他攒足力气，养精蓄锐。等到约瑟夫进来后，雅各布庄严地说道，自己曾在岩石遍布的伯特利山丘上许下过诺言，并且已经成功履行了。即便如此，他依旧思绪不定。他回想起了他的蕾切尔，忍不住谈起她说：“至于我的话，当我到了巴丹，在迦南的土地上，蕾切尔在我身边死去，死在了途中，我们再走一小段路就到以法他了。我把她葬在了去以法他的路上，以法他就是伯利恒。”

还有比这更体现人性、更温柔的做法吗？将因失去而哀痛的悲伤岁月记挂在心底，即使岁月久远也仍能将人名和地名亲切地牢记于心，很多细节并不重要，但同时却又是古老传说的自然而甜蜜的共鸣，故事中的各种象征，如此丰富的内容仅仅用一句话来代替——“以法他就是伯利恒”。谁人不曾听过某位老者探求某个久远事件中的细节，百般强调并不重要的细枝末节，为了避免造成困惑而变得毫无必要地紧张兮兮，徒劳无益地一味追求精准。

但当他这样漫步时，开始想到两个男孩，脸上带着惊奇而敬畏的神情站在他身旁。即便如此，他还是不能立即把所有事实拼接起来，反而突发奇想地问道：“他们是谁？”然后，他那已经逝去的亲爱的儿子，代表着安然的智慧和忠诚的爱，用轻柔的语气为他作答。老者亲吻并拥抱了两个男孩，发自肺腑地说道：“我从未想过能见到你们的脸，瞧啊，上帝也把你的子孙带到了我的面前。”听到这话，约瑟夫再也忍不住，将害羞地黏在自己身边的孩子们推向前，低下头深鞠一躬，心里悲痛而又敬畏不已。

之后，老者放弃了想好的祝福，而是将更加厚重的祝福赐予了年轻的孩子，这些话在回忆里就此萦绕不散，沉入心中：“将我从万恶中赎回的天使啊，请保佑这些小孩。”而约瑟夫对父亲的举动感到不悦，想要予以纠正，以便把更好的祝福赐给大儿子，但雅各布拒绝道：“这我知道，我的孩子，我知道……大儿子当然也会非常伟大，但小儿子一定会更加伟大。”

于是，他又加了一条祝福，即使在那一刻，在那个深沉的时刻，老者还是忍不住为自己过往的英勇倍感骄傲，最后谈到他从亚摩利人那里赢得的剑和弓。这一行为尽显人性，因为并没有记载表明他做过这类事。他一直都被视作一个心绪平和的人，于是这个美好的故事一直到最后都充满了人性。我丝毫不关心批判者会对这件事做何评价。他们可能会把它说成是传奇，或是一个以法莲后裔的杜撰，意图要依靠传统的力量使以法莲后裔保持住至高无上的地位。但这个故事对我而言是在历史批判之上的一个事实、一股力量、一种温柔。除却其他一切真相，这个图景表现的还有一个非常真切的事实，那就是一位虚弱的长者，在意识尚存的时候做出最后的努力。而至于那位睿智而精明的使徒约瑟夫，他一直是真情流露。那两个男孩，也就是故事中没有说话的人物，并没有被强加上一些过于成熟的言论，然而身边却萦绕着隐隐的希望和喜悦。如果这是艺术，那它必将是一个完美的艺术品，可以触碰心弦，激起强烈的甜蜜和遐想。

将这个历史故事与其他人类思想与灵魂的成就比起来，荷马、维吉尔、莎士比亚等都显得黯然失色。因为这个故事并没有刻意营造，在简单的笔触和平凡的气氛中，那种自然、怜悯、唯美到极致，全部得以体现。没有浓墨、没有赘饰、没有刻意营造的美感，然而它会让人内心充盈、浮想联翩、精神得到满足。在这里，人们驻足至真至美的圣殿，写下这则故事的智慧之手则打开了心灵之门，随即退后，不邀功，不求名。

第三十章

加利利的海洋

我经常想起《圣约翰福音》的最后一章，那是最让我心神荡漾的作品。我想罗伯特·勃朗宁一定与我有同感，因为他也读过它，在独特而意义丰富的诗歌《布鲁格姆主教的道歉》中，包含着一个人的转化标志，从道听途说的并不真切的生活到面对生活的本来面目，还包括尝试着耕地。尽管我无法揣摩他为何单用这一章来做象征，我其实希望没有人能道明其中的道理，但是我敢说这其中的联系应该是显而易见的。

让我迷惑的是，在《圣约翰福音》圆满结束之后，他又加上了一则朴素的附言。也许圣约翰并没有执笔这则附言，尽管我眼中他的心中一定有一个很幼稚的结论，即世界本身无法承载有关基督的书籍。于我而言，这非常像一个思想单一上了年纪的人说出的话。同时，这则附言又非常迷人，因为它包括了整部《福音历史》最美丽的两个片段：一个是圣彼得被命令到羊栏里喂绵羊和山羊，但其语言的微妙之处在翻译成英语时丧失了；另一个是耶稣在加利利的海边现身，我在这里并不是为了讨论圣彼得的使命，尽管我曾听坎特伯雷城的一位大主教在就职大典上，用细腻而哀婉的声调诵读过这则故事。那次诵读使我们灵光乍现，忽然领略了此次仪式的真谛；我们是单纯的基督教徒，而这就好像是把一个牧羊人放到羊圈外面，让他在绿油油的牧场上和宜人的河流边赶着羊群。

但是人不能一次讲两个故事，不然会让它们都失去风韵，我们来讲第二个故事。

《耶稣受难记》中的所有悲惨事情都已经过去，曾经的遗憾、恐怖、侮辱、失落都烟消云散。当使徒们抛弃朋友和主时，他们的心一定是痛苦万分的。接下来发生的就是基督复活的故事了，在记载中可以很清楚地看出，在复活之事后，使徒们小心翼翼的虔诚变成了充满勇气的淡定，他们无论如何都坚信，一件不可思议的重大事情已经发生，他们的主在从死亡之门走了一遭后又复活了，并回到了他们的身边。

他们厌倦了踟蹰无为和心烦意乱的状态，回归平常的行当。船只在平静的潮汐中漂荡了整晚，但是他们一无所获。早晨来临，他们来到湖边的岬角和沙滩时，看到岸上有一个人在走动，那人亲切诚恳地向他们招手，就好像没有想到会遇到来客，没有准备饭食的主人一样。虽然不知是否正确，但我猜想使徒们是把他当成了一位买主，只能面带愠色地说没有东西可以卖给他。接下来故事的发展，是他们听从了命令，将网撒在船的右侧。显然他们并不怀疑这个陌生人的身份，或许是因为他们猜测他一定是看到了与他们擦肩而过的鱼群。于是，他们抓到了一大网鱼。约翰看出了端倪，我知道没有任何言语能比从他嘴里迸出的简单一句“这就是主”更让我震撼不已。冲动的彼得跳进水中，连蹚带游到了岸上。

这个故事还有其他动人之处。他们发现那人像一个母亲正在为她彻夜未归的丈夫和儿子精心准备餐食那样，已经生好了火正在烤鱼，可是没有人知道他是怎么做到的。渔网被拉上了岸，好多鱼在渔网中挣扎。然后他邀他们共进早餐，并开始分配食物。在湖边伴随着晨间清新的空气和明亮的日光，人们感到似乎这顿令人难以忘怀的早餐一定要在安静的氛围中享用才是正确的。大家似乎都能听到火苗的“啪啪”声和水浪拍在卵石滩上的声音。他们不敢问他是谁，尽管他们心里清楚他的身份，因为就在几天前他们还在一起。叙事主人公暗示说，他的身上一定发生了一些神秘的变化。也许他们跟我们一样也在想，他这几天是如何度过的。这段时间内，他们只是在毫无预兆的情况下突然瞥到他几次，那在他们的视线之外，他住在何处？他又是如何度过漫漫白昼与长夜的呢？我只能说于我而言，这变得越发神秘。他的现身与消失，对我而言已超越了人类创造的极限。我能想到的唯一解释就是，那些人确实存在过，他们相信自己见到了主，虽然我也承认这件事本身就很神秘并且让人困惑不已。

然而，故事戛然而止了，没有进一步解释、详述、分析的意思，然后就是彼得受命的故事，有关他死亡的预言，还有更加奇怪的就是刻意对圣约翰命运不表现出一丝好奇。

但是整件事情就像是从隐藏起来的古老世界中突然来到我们面前，抗拒深入研究，激起心底最深的疑问，像清晨的香气一样朦胧甜美，又像清凉的微风吹过彻夜未眠的渔夫那疲惫的眉头，在清澈的湖水中荡起涟漪。

第三十一章
启示录

在我看来，《圣经》中没有哪段能比《启示录》第八章开头的诗篇更加震撼人心。“当他揭开第七印时，天堂寂静一片，长达半个小时。”最简单的词句，用平常语调道出确切的时长，这本身就很震撼。但同时也隐约有一种不好的氛围正悄悄弥漫开，站在一旁的尊贵威严的人们需要鼓足勇气，屏住呼吸严阵以待。直到那一刻，每一层印揭开后的境况都会变得越发艰难。揭开第一层时，天上响起一声炸雷，第一头野兽的吼声——“过来看哪！”——告诉那些眼神充满敬畏而内心脆弱的人们向上看那景象。话音刚落，一个头上戴着圣冠的胜者骑着白马兴高采烈地向前跑来。揭开第二层时，一个手握巨剑的人骑着红马跳了出来。揭开第三层时，一匹黑马奔腾而出，马上的人稳坐在马上。接着传来一个陌生的声音，用奇怪而自然的语气发出指令，让人更加确信这一景象是一种历史的回放，而绝非自创。那声音说出小麦和大麦的价格，并指导人们要保护葡萄园和橄榄园。话家常一样提及最基本的作物，让人们在令人目眩的场景中更加注重生活实际和生活需求。揭开第四层时，死神骑着苍白色的马，悲怆地向前走。揭开第五层时，祭坛下拥挤一团的魂魄们躁动不安，他们身披白色袍子，被勒令安静一会儿。然后，揭开第六层时，在主的震怒之下，地动山摇，万物混沌，人们惊惧不已；《羔羊之怒》中的词句，更显意义非凡；最慈悲的人愤怒了；无忧无虑、温顺单纯的人也愤怒了。之后，土地被保护起来免于伤害，信徒也被封印，在最悲怆的言语中，疼痛与苦楚已宣告结束，并承诺被救赎的人将由生命之水供养并带向前方。而后，在这平静安稳的一刻，第七层被揭开了，可接下来什么都没发生！天堂的天使此刻都伫立着，双眼双唇紧闭，心神不宁地等待着接下来要发生的事情。

最后，眼前的景象又拥挤起来——七只喇叭齐鸣，剧烈灼烧的星星陨落，一群蝗虫从冒烟的坑穴中鱼贯而出，死亡与灾难出现了，直到最后书被送到了先知手中，他的心中充满了得知真相后的甘甜。

我并无心追索这些事物真正的意义，我并不希望这些造就的神秘之物永远被悬挂在历史的高墙之上。我从未想过它们会被这样悬而未决，也从未设想这些充满光明与恐怖的奇异景象会被凡人之眼所见。但一个人的灵魂必然会迷失在这些让人心生敬畏的梦境中，描述景象之书也将因此而被守卫很多年，到最后，又在英语抑扬顿挫的优美语调中被诵读出来，传入我们的耳朵，在丰富的想象力和细心的联想中一遍遍地浸润过。在我看来，这是非常美好而神圣的事情。每个人都有自己对美的评判，人们的生活中充满了这样的神秘，而且在那些想让目光穿过生命黑暗过往的人中，在思索过去的经历后，想起书上的封印打开时的所见所闻，一定没有谁不曾察觉。我知道，这样的事在我的生命中就曾有过。有时，在撕碎封印的时候，一个富贵安逸之物带着胜利和繁荣向前走来；有时一个黑影会骑马而过，使大地为之变色；有时悲怆之雷接踵而至，有时又会出现一番甜美的和平与舒适的景象；有时人们也会感觉到封印被揭去了，带来了来自天上人间的安宁。

这些庄严而凄切的场景在脑海中久久不散，部分原因是源于我孩子般的惊奇与愉悦。这时人们会再次情不自禁地想起那本书，因为书里并不只有人的想法和言论，凡间俗事，战争与王朝更替，还是一个巨大的宝库，里面有着神秘的画面，躯体之外的事物，只有在天堂才能得以一见的色彩绚丽而形态惊奇的景象。这些确实使人着迷，但超越这些奇异形态和描绘出的幻象，我意识到了一个更深层次的神秘想法，并不是很单纯而抽象的想法，也不是一闪而过的念头，亦不是让人舒心的魅力或被重新激发的欲望，而是一种更为复杂的想法，通过觉察这些奇异形态——摇摆的深红色袍子、镶满珠宝的闪闪发光的走廊、一颗灼热的星星、被忧郁笼罩的鸟儿、黑暗的树丛——洞察一切，犹如一段超然的音乐，道出心中因忧心忡忡和景象模糊而生出的希望和恐惧。我不知道在灵魂中哪个模糊的地方，这些东西会趋近，但那必定是一个相距甚远的地方，在那里，爱幻想的头脑会将模糊的景象投射到黑暗中，在那里，横冲直撞是不明智的，但人们可以时时注视着那里，站在时间模糊的边缘，向世界禁锢之外的地方凝视。

第三十二章
雕 塑

今天我目睹了一个奇怪而又感人的事，我和朋友一起去附近的一所大房子参观。主人不在家，但朋友享有随意进出的特权，于是我们决定借此机会一睹内景。

走进大门，穿过古老的鹿园，鹿园里有长着高大的满是节瘤的橡树以及宽阔的草坪，成群的鹿正安静地享用它们的美食。大屋首先映入眼帘，门廊和阁楼的窗子安着百叶窗，犹如一只只眼睛，毫无表情地死死凝视着我们。整个地方寂静无声，了无人烟，犹如梦中的场景。

这次专门来访是看一个特别的东西，从房子的左边走过，穿过一个铁门，走进一片茂密的小树林。不久眼前一片开阔，我们马上意识到我们已经走到树林的中心。那里有一片池塘，荷花茂盛妖娆，塘边灌木丛生。池塘里水鸟、黑鸭、黑水鸡成群，漫无目的地在水中游荡，时而怪声鸣叫，时而哀婉低鸣。池塘边矗立着一座不大的大理石庙宇，风霜雨雪在上面留下了些许斑驳的印痕。

慢慢走过去，朋友讲起了这座小庙的建造者，他是这里原来的主人，一个单身男人，晚年过着孤独的生活。他有着些许狂野和冲动，年轻时候沉醉于享乐和刺激。曾经有过一位貌美如花的妻子，她在他们结婚的头一年便死去了。自此他逐渐自暴自弃，开启了绝望的隐士生涯，醉心于艺术和音乐。他的屋子里到处都是画作，他曾写过一本诗集，以及几本晦涩难懂的自传体散文。他似乎没有半点艺术天分，他的作品似乎只是在对那份深沉的野性和忧伤的沉思进行无力的宣泄。文风浮夸，用词华丽繁复，抹去了原本的思想魅力。

他就这样任凭自己沉浸在忧伤之中好多年，没有爱，也不被爱。他对周边的任何人都不以为意，满足于无人问津的状态。他孤寂高傲，或是在自己的领地里四处游荡，或是在他的图书馆里一待就是好多天。倘若这一切不是真的，那么这个故事实在太精彩了。

他为了纪念爱妻，建了这座小庙。他经常来这里，即便是烈日炎炎的夏季他也会待上几个小时，徘徊于这座小池塘周围，抑或静坐于阁楼里。我们走到那里，发现只有一个壁龛暴露于空气中。吸引我眼球的是旁边一个年轻男子的坐像，他身上披着短袍，脖子、胳膊和膝盖都裸露，一条腿搭在另一条腿上。胳膊肘搭在膝盖上，用手支着下巴，脸上流露出一种难以形容的美感。那个男子似乎在向外展望，目无所视，沉浸在思想的苦海中。那张脸是那么绝美和清纯，流露的不是懊恼的神情，而是一种见到甜美的事物却无法参与其中的苦痛。雕像全身都散发着一种无法言喻的忧伤。这是一位法国著名雕塑家的作品，他的每一刀都刻画得细致入微。友人说这座雕塑完成之前至少完成了三座雕塑，最后这座才算称心如意。

基座上雕刻着悲伤的隽语。

在其绝望悲伤的背后，是一种愤怒的无言的反抗。直觉告诉我这座雕像意味着什么。一个本应是追求美好的生活、充满活力、渴望快乐的人，却发现自己充满了困惑和挫败感，人间天堂近在咫尺，却与他无缘。那是一张满足于拥有的幸福的脸庞，同时喜悦中又流露出一丝悲伤。脸上没有粗野和奢华的浮光掠影，而是透露出一股力量、一种才智、一种明晰的思想。不得不承认我内心有一种莫名的触动，内心深处涌出深深的同情，迫切想要做些什么去抚慰他的心灵，对他施以援手，为他的困惑作答，并为他欢呼喝彩。悲伤的雕塑流露出来的那种静默、寂静与无望引发了我内心深处最强烈的欲望，想要去给予，去释放我莫名的怜悯之情。它可以被比喻为被禁锢的喜悦、落空的希望、没有实现的诺言以及灵魂的幻灭。上帝创造了如此美好的他，却又剥夺了他的快乐，这实在是可悲可叹。我似乎洞悉了这个郁郁寡欢的男子的内心深处，看到他把自己的不幸写成了故事，如此与众不同，令人难过。他似乎不惧死亡，对任何事物的终结都无所畏惧，可是如此明朗的人即便是身体健康、性格柔顺，却依然从他身上看不到任何希望，那种悲伤无以言表。散发出这种悲伤的人并非已精疲力竭，也并非经历坎坷、面容憔悴。恰恰相反，他年轻强壮，充满了活力和旺盛的生命力。见到此情此景，我无法说出我的思绪变得多么缥缈，心情变得多么沉重。此刻我似乎面对的是世界上最深的悲伤。仿佛在一个阳光明媚、充满欢声笑语的夏日，一支设计精美的羽箭不偏不倚地射穿我的心脏。

这种质疑深植在我心底，根深蒂固，使我好像走进了一个世界，那里暗淡无光，充满无望的苦痛。所有短暂的喜悦和面对死亡的时刻，内心都会发出惊恐的质疑："为什么我的生命原本是充满了喜悦和生机的，却为何一定要遭受苦痛和面对死亡？"

唯一的希望便是此心处于寂静，默然而无念。或者说如果喜悦能带给我点什么，那么痛苦之中也必蕴含着上天的馈赠。于是在那个宁静的下午，在寂静的树林中，在波光粼粼的池塘旁，我的心灵沐浴在上帝灵光的抚慰中。我感觉到巨大的希望临近，宛如巨浪冲上海岸，咸咸的海水注满干燥孤寂的沙池。"静静地等待吧，"深沉和温柔的声音说道，"只需忍耐，只需相信，一种超越梦幻的甜蜜、美好和真理将会显露。"

第三十三章
苦痛的奥秘

近来有一个故事一直久久徘徊于我的脑海中，一个中年男人，依靠辛苦工作来赚钱供养寡妇妹妹和她的孩子。有一天他突然患上了很折磨人的致命恶疾，经过一场大手术后，凭借极大的意志力挣扎着重返工作岗位，结果疾病复发，只好再一次手术，之后他又重新投入工作。尽管如此，在饱受无法言喻的苦痛折磨之后，他还是被迫退休回家，终日病魔缠身。几个月后，他在痛苦的折磨中死去了，留下一贫如洗的妹妹和她的孩子。

男人是一个安静、朴实的人，他热爱自己的工作，热爱自己的家庭，普通平凡，没有什么过人之处。他展示出来的唯一英勇品质就是在手术前注射麻药时能微笑着坦然面对；他以极大的耐心和坚忍承受病痛的折磨，从没抱怨过一句，即便是受到一丁点儿的照顾，也会感激不已。

他的妹妹是一个单纯、活泼的女人，带着几分温柔，又有几分精明。发现哥哥正为额外的花销担心，于是在他患病期间承担起了照顾他的艰巨任务。她的孩子们也是同样坦诚、善良。没有人曾有过半句抱怨，也不曾说过任何会让人觉得他们心怀怨恨或胆怯的话语。他们只是恭顺地接受了这次命运的打击，听天由命，依旧笑对人生，尽量让日子过得好些。

现在我们理一下头绪来看这个故事，看我们是否能从中找到一丝希望和安慰。首先，这个男人一生没有做过要接受这种特殊惩罚的事情，要以命相抵。他天生质朴、任劳任怨、无私善良，在他生病期间这些品质展现了出来。他的妹妹也不需要接受生活的考验和折磨，一家人可以过着非常安静、快活、充实的生活，他们是好公民的典范——虔诚地信奉上帝，知足常乐，即使物质条件简单亦能快乐地生活。

若一个人相信造物主的善良、公正和耐心，他就不会为非作歹、践踏正义、缺乏爱心。我自始至终都没有从他的故事中看到慈悲或公正。糟糕的是，如果能证明即使是从琐碎之事上也能看出上帝的善良已然失去，如果从他的一个孩子身上或某一细小之事上能找到证据证明上帝的忽略、粗心或冷漠，那么人们就无法继续相信上帝是万能的了。也许有人会认为命运对他是那么不公平和残酷，也许这个世界有许多邪恶力量让他无法抗拒。

他的遭遇无法挽回，一个人宝贵、优雅的生命就这样轻易地结束了。妹妹也备受打击，闷闷不乐，再一次沦落至孤独凄凉的状态。孩子们的教育成了大问题，家庭陷入了困境。唯一让人觉得心安的是亲戚朋友的关怀和老板对这个饱受苦难家庭的关切，从某种程度上说也算是一种弥补。但是这个男人本身和他的妹妹都展现出一种英雄的品质，一种值得深思的英雄主义和谦逊品质。因为这一切都似乎超出我们常人的想象。

我们所见到的简直是万丈深渊，或许这是一个极端的案例，但在这个充满了悲伤、精彩和困惑的世界里，同样的故事每天都在不断地发生。当然或许有人因不敢正视问题而选择默然接受，或许这是生活的一部分，我们无法解释，我们只是希望可以侥幸免于这样的苦难。但这只是一个消极悲伤的态度，至少我是无法活下去的，除非我发现上帝对我比对他们更加关爱。但是现在我必须活着，等待上帝给予我们任何形式的考验，无论是喜悦还是苦痛，抑或心满意足或悲观绝望。为什么当上帝的旨意带给我力量、希望和喜悦时我会顺从？为什么当他让我懒散、悲伤、失望时，我会与之相悖？对此我无法作答，而这个谜题也一直困扰着一代又一代人。

我依然相信有上帝的旨意，我还相信总有一天我们能真正领会他的旨意，无论距现在多么遥远，这一天终将到来；总有一天，这些污浊了天堂的纯净的悲剧，在我们的努力下终将遁去，那将是多么了不起、多么令人开怀的一天，我们会因精彩和喜悦而纵情大笑；总有一天，我们不再像童年时光那般为一个损坏的玩具或一只死去的小鸟而感到无人慰藉，想要痛哭流涕，我们面对苦痛折磨时会更加释然。每逢想起这些我们会微微一笑，笑我们自己的无知和狭隘。我们微笑着面对这个世界和我们的生活，其实它早已展现在我们的眼前，只是由于我们幼稚的悲天悯人，忽略了眼前的美景。我无法猜测什么时候这种状态才能到来，但我相信一定会有那么一天，因为我忘记了悲伤，却没有忘掉喜悦。

第三十四章
音 乐

刚刚听完一位小提琴家的演奏回来，这位小提琴家和其他三位一起演奏莫扎特和贝多芬的曲子。我对音乐的技巧几乎一窍不通，但是我知道莫扎特的音乐能让我身心愉悦，心情明朗，那种快乐不似尘世间那种无忧无虑，而是一种超凡脱俗持久的释然。我对于贝多芬的音乐了解得不多，但是随着大提琴的演奏产生了一种微妙的改变，它能使心底的悲伤得到升华。

除了其音乐技术表现方面，这四人的表演是如此认真而庄重，仿佛他们的演奏不是在寻找快乐，也不是在创造快乐，而是在阐释、表达某个重大机密，既激情昂扬，又庄重肃穆。他们的表演的确对我来说无限地接近我心中的想法，正如音乐和被转化成的声音那样无限贴近。一睹小提琴家本人不禁肃然起敬，他大大的头，灰色的胡须耷拉在小提琴上。他如此安静，固执的眉毛、疲惫的双眼，眼睑微垂，流露出一种尊贵与严肃。看他那双手，既不精巧又不纤细，却丰满有力，肌肉发达，拉起琴来不紧不慢，坚定而轻松地把感情倾注在琴弦之上，特别引人注目。一切看起来都是那么轻松而自然，毫不做作，看似简单却又非常了不起。它让人感到火焰与安静交织在一起，这也是艺术的最高境界，或许也有人会说是生命的终结。这个火焰没有闪烁不定，而是在稳定地发着光。它不是灼烧的火苗，而是犹如一个庞大的熔炉，巨大而炙热。接着宁静降临，那位了不起的人不是以表演家的身份在表演，他似乎对赞誉和掌声并不在意。他像是一位神圣的牧师庄重、严肃，被呼唤到这里是为了庆祝一个神秘仪式，召唤天神的降临。他不需要任何人的认同，也似乎认为我们的心情和他是一样的，都是来出席某种神圣仪式的朝拜者；而他的演奏技能也不是用来展示和炫耀的，就是用来侍奉上帝的。他看起来更像是在把圣餐礼的食物分给虔诚的人，而不是在给予众人快乐，他只是一种神秘的优雅的传播渠道而已。

在听过这样的演奏之后，人们在离开时不仅内心充满短暂的喜悦，还对艺术产生了真切的、深深的喜爱。仿佛他们已经在神龛前鞠躬，已经吃到了精神食粮。在他奏出甜美而又深情的最后一声，演奏家抬起他大大的头颅，目光在人群中轻柔地逡巡，让人感觉他就像摩西一般，已然敲击了岩石，而那涓涓细流已然喷涌而出，然后变为深深的尊敬，好像在说“上帝曾在这里……而我竟不知道”。一切活动、谈话和工作或是利益的纠葛构成的世界，是人的必然归属，在这个世界里仿佛一切都是美妙的噪声和一种虚无的挣扎；唯一最真实的存在便是我们刚刚走出的屋子，那里面的音乐似乎是在遵从上帝的旨意演奏，这乐曲体现的是上帝的精神，可以使混乱变得井然有序，可以给黑暗带来光明。没有任何渴求或心机手段，没有凡尘俗子的琐碎，以势不可当的姿态在尘世间掠过，正如那初升的太阳，于静默间挣脱黑暗的束缚，庄严地升上万里无云的碧空。

第三十五章
基督信仰

早晨读报纸的时候，读到一篇很糟糕的文章，一位身居高位的牧师在文中批判其他几个牧师的宣言，并在文中直言不讳。窃以为作者似乎都把矛头指向了他的对手，攻击其言语间的漏洞，使其如芒在背。文章言辞辛辣而笃定，文字间充满了傲慢。

我觉得自己对那篇宣言倒不大赞赏，这不过是一篇羞涩、缺乏热情的宣言，至少文中充满同情和温情。文章的大意是正如一些历史批评学家所认为的，《旧约》中的某些事情不过是一些传说，因此，我们不可否认在《新约》中可能会遗失一些事实。例如，很有可能在没有遗漏任何基督教的重要教义的情况下，人们会觉得对于某些不可思议的事情的怀疑是有道理的。甚至相信其中的故事会有几分夸张，在尚未使用科学历史方法进行验证的年代里所书写的传奇故事都存在着几分夸张成分。会存在怀疑是指：因为对《新约》中记载的某些事件缺少可信的历史证明，所以永远无法去确认或否认相关的历史史实；尽管它们的确可能发生过，或许可能已经逐渐被遗忘掉了。

我读到一位辩论者的文章，感到非常困惑和痛苦。他在文中提到关于其自身对于耶稣审判的真实想法，使得人们会认为他认可《旧约》的说辞，诸如生命的创造和人类的堕落，巴兰之驴的故事，约拿书被鲸吞掉的故事，等等。他还写到《新约》中的一些传奇故事是上帝的指示，就像某些事情的真相已经在某个时间得到了证明且已得到明智人物的认可了一般。但是真正发生过的客观事实是在某些宗教大会上，《圣经》中的某些部分被选定为必不可少的一部分，而之前在《旧约》中选出的部分也得到了认可。但是那位好辩论的人会认为这些宗教会议是绝对正确的吗？所有理性的人都应该认识到，参加大会的这些人在当时的时代背景下都已尽了自己最大的努力来选取他们认为包含着真理的书籍。假设大会中的大多数人都认为《创世记》的故事只是一个神话故事，那么他们早就去设法证明真相了。对于这种说法，他们是不会相信的。他们从未对此怀疑过，是因为他们不晓得一个道理：如果一个已经被论证过的正常事件能够被众人接受，那么一件看似不正常的事件则需要更多的证明来论证其真伪。

如果牧师们能发现像我这样的普通人想要的只不过是更大的灵活

性而不是荒谬的确定性该多好！如果他们不去徒劳无益地试图保护已被敌人占领的外围工事，而是用心修建中心堡垒该多好！如果他们清楚地表明一个人可以当一个虔诚的基督徒却不必对《圣经》里某些不可思议的事情咬文嚼字地去琢磨，那该是多么令人慰藉的事啊！

我是千百万普通人当中的一位，我是一名虔诚的基督徒，我现在觉得《旧约》和《新约》一样富有诗意却也存在谬误。我认为《旧约》集结了古代作品的精华，包含了神话传说、历史、寓言、诗歌及戏剧的经典。其价值在于表达了对上帝的强烈信仰以及对圣父的完全解读。

读到《新约》时，我感觉自己在《福音书》中遇到了尘世中最美好的人格。我不是去确定或否认那些难以置信的故事是否真的发生过；我越是清楚地意识到故事存在谬误，发现经不起推敲的细节，看到文中暴露出作者缺乏历史研究方法，我就越发坚信“三位一体”的理论及基督的教义，因为我觉得那些把他描述成造物主的学者们与他相距甚远。

如果《福音书》的作者能像柏拉图或莎士比亚那样有极强的文学技巧和准确的哲学或诗歌洞察力，那么我可能不会太相信书中的记载。但基督的所言所语、他所传播的理念对我来说其水平要远远高于人类精神文明，因此，我心悦诚服地承认我所面对的是一位于我而言已经超然于人类之上的人。即便能证明《福音书》中的传奇故事都没有发生过，也丝毫不能动摇我对基督的信仰。事实上，尽管我没有能力去区分哪些是事实，哪些是误传及夸大其词，但我仍愿意相信在这样一位非同寻常的人物身上会发生匪夷所思的事情。

在《新约》的另一部分《使徒行传》中，我对世界上第一次信仰危机的记载特别感兴趣。在使徒圣保罗和其他宗徒往来的书信中，我看到了早期狂热的基督徒的话语，这些人是真正的未经教化的天才，他们身上发生了好多令人惊讶的事情，都是对当时的人或接近同时代的人产生过影响的事情，而受到其影响的人都具有基督那样的优秀品质。在《使徒行传》中，我看到了深深的诗歌韵味及敏锐的洞察力。

尽管这些文字反映出了对信仰的喜悦与热衷，从而使他们在记载人类精神文明的史料中能占有很高的地位，但是我在字里行间找不到任何超出人类发展可能性之外的东西。我观察到，圣保罗的辩论方法不总是那么前后一致，当然他的结果也不是那么有说服力。他们所拥有的灵感都得益于对基督的亲近及深切的了解，而当基督降临时给人的感觉是那么朦胧，却又那么令人敬畏。

正如我所说的，如果教堂能停止对历史的争论，转而把力量集中于内心和高尚人格的建设上，这对于我以及其他人来说将会是最大的释然。与此同时，无论是科学的批评家还是不理智的学究都不能阻挡我对基督的信仰，我呼吁基督徒能开放思想，但我也心悦诚服地承认，我信奉上帝，信奉圣灵基督，信奉具有高尚情操的人们，正是这种信仰引领人类缓步前行。我既不是确认，亦不是否认《圣经》中文字的准确性；我无法否认教廷一直以来所奉行的教义的核心实质，那是上层建筑，但我也不能否认其中会掺杂某些错误的可能性。我需要有接受教会圣礼的权利，因为我相信通过圣礼我的灵魂能得到启迪，能使救赎者来到我的身边，能把基督徒紧密联系在一起。但我没有理由去相信任何人类的宣言——无论是科学家的宣言还是神学家的宣告——都不可能会出错。的确在这个世界上，除了我存在于世界上的事是我能完全肯定的事实外，没有什么是事实。因此我完全确认，我无法接受任何从仅有的文本中推导出来的宗教体系，无论其有多么精妙，因为我无法确认人类表达是否准确无误。此外，我又似乎能够辨明一切，正如我有把握去辨明这世上的其他事物那样，就在这个世界里一切是如此黑暗，在某一时刻，一个高尚的品格降临于世，值得我去尊敬、去效忠。在此基础上，我具有了相信的力量。

第三十六章
邪恶之谜

几天前，我住在一个古老的大宅子里。一天早上，房子的主人走过来说：“我来是想告诉你一件奇怪的事。我们刚刚发现了一个地窖，似乎自打这里修建好以后从未被发现且使用过。那里长着我所见过的最奇怪的菌类植物。”他拿着一大串钥匙，敲响铃铛，叫人把灯都打开，然后我们一起向那里走去。那是一连串用砖块建造的拱形洞室，让人感到舒适、凉爽，砖块上并没有抹上白灰来装饰墙壁，两边摞满了酒箱。一切迹象表明自从修建这里以来，物质条件发生过改变，在18世纪喝掉的酒一定是数量惊人的，运输酒水的难度也一定很大，因此一代又一代的房主就像寓言故事中无知的财主一样囤积了这么多箱酒。在一个仓库角落里有一个低矮的拱形门，朋友解释说从老房子里拆下了很多镶板为现在这个宅子腾地方，一直堆积在这里，因此入口被挡住了。他打开了大门，一种奇怪的味道飘了出来。室内变得灯火通明，我们走进了地下室。这里是我所见过的最奇怪的场景：拱顶后端就像一个挂着棕色丝绒床帘的大床，透过间隙清晰可见里面的东西宛如白色天鹅绒枕头，还有形状奇特的隆起。朋友向我解释说，在后面有一个木质酒箱，上面长满了浓密的真菌，整个地方是那么神秘而令人害怕。巨大的天鹅绒床帘随着气流的变化而摇摆着，让人感觉似乎某个神秘的沉睡者随时会被吵醒，似乎会从帘子中看过来，烦躁地问为什么要惊扰他的美梦。

这一幕在我的脑海里徘徊了些许时日并引起了一连串奇怪的想法：这些菌类形状朦胧，异常繁茂，带着一种邪恶之美，唤起心中一种奇怪的抵触心。它们看起来是不圣洁的，是邪恶的，然而这一切都是大自然的一部分。它们自然而美丽，在这个阴暗的、无人问津的地方顽强地生长着，用它们那黑色、柔软的身躯覆盖着光裸的墙头。这无法不让我们感觉到它们生长过程中的喜悦，在这个完全适合它们生长的地方发芽长大，不受干扰，繁茂异常。然而于我们这些喜欢自由空气和明媚阳光的人来说，它们是处于死亡和黑暗当中的。在我看来这好比一个关于令人困惑的邪恶之谜的奇特寓言，那是一种在阴暗灵魂中得以猖獗生长的罪恶。我一直觉得邪恶之谜如此令人困惑是因为我们坚决认为邪恶的东西是违背上帝的本性的；然而邪恶必须从上帝那里获得活力。其中难以置信的是，在一个万能的上帝主宰的世界里，违背他意志的竟然还存在于世上。我们要么接受一个观念——上帝不是万能的，自然界中存在着一个二元论，存在着永恒对立的两个极端；要么认识到邪恶在某种程度上就是上帝的表现形式。如果我们拒绝做到上面两点中的任一点，那我们就不可能找到解决问题的办法。如果我们接受第一个理论，我们可以想象顺其自然的倾向性，那是一种惰性，一种力量，如死亡的力量那般，可以让运动停止下来；我们可以把所有的运动和力量想象成另外一股力量，那是苏醒的精神，是生命的力量。即使在这里我们遇到了困难，因为我们试图把二元论转化到人道领域中来，我发现在疾病肆虐的时候，不是惰性在反对运动，而是一种不利于人类的生命在与有利于人类健康的另一种生命进行着较量。我的意思是当发烧或癌症蹂躏着人类的躯体，它只是寄宿在身体里面的细菌，是一种与健康的人类机能进行对抗的细菌的生命。肯定有那么一种感觉，我不会称之为意识，而是一种获得胜利的生命的感觉，这个生命是寄生于肢体上的癌症，与各种治疗方法进行对抗，想要取得胜利。我不可能相信这些寄生在人体的生物的生命力不是来自上帝。我们生活在自由的空气里，沐浴在阳光下，有着自己的思维和说话方式，认为和我们共享同一个生存环境的动植物是健康的生命，而在腐烂黑暗处滋生的微生物——譬如我见过的奇特的霉菌、以腐烂的物质为食的幼虫、柔软而苍白的蛀食蔬菜的菜虫等就是不健康的生命。但是这些生物同我们身边的一草一木以及活泼的小动物一样都是上帝的杰作。我们不得不提防会威胁到我们的健康的生物，我们也从不质疑我们是否有权利为了个人利益而剥夺那些生物的生命，我们也不得不去考虑道德罪恶的问题，尽管那是黑暗和有杀伤力的，但同样也是上帝的作品，这是一个悲哀的结论。我毫不怀疑，没有那么一个完善的哲学体系可以只承认善的力量是上帝之作，却回避恶的力量也是出自上帝之手。我毫不怀疑两者中的任何一个力量之强大；但对于邪恶的产生是出于自由意志、痛苦是罪恶的结果的说法，在我看来是不甚妥当的，因为冲突、痛苦和死亡的神秘历史“远比任何有据可查的历史都要久远”。我们常犯一个错误，就是把所有可能会对我们的健康、幸福起到促进作用的品质叠加起来，创造出一个人形化的上帝，并希望他能深入人心。真相却更加隐蔽，更加严峻，也更加神秘。在上帝那里，黑暗几乎等同于光明；自私和罪恶同无私和圣洁一样都出自上帝之手。无论是把这种态度视为悲观主义还是认为最终的结局只能是默认或绝望，都是违背真理的罪过。不考虑这一点的想法只能是一种错觉，我们极力利用这种错觉来掩盖我们不敢面对的事实，但这样一个不可动摇的信念并不会影响我们去奋斗和努力，它会让我们相信奋斗是自然界的法则，我们注定要去参与这场战斗，只有没有立场的那些人才会最终落败。

尽管有时会产生错觉，却不是没有判断力的。黝黑的丛林上方的星星，安静地悬挂在那里，发着苍白的微光。实际上，它不是一颗星星，而是一个包裹着炽热水蒸气的星球，被许许多多的小行星围绕着。我们要做的就是尽可能地去找到事情的真相，不要妄想出一个解释借以逃避，否则痛苦和悲伤会毫不留情地将我们弄得体无完肤。我们要看进上帝的心底，以最忠诚的态度去聆听发自上帝灵魂深处的声音，接受他的指引。

第三十七章
重 生

有时我的心里充满渴望，想要去建造、更新些什么——可能是一座残破的建筑物、一朵日渐枯萎的花、一个失效的制度，也可能是一个具有毁灭性的性格。眼看着某个明艳动人的事物就那样逐渐失去美好的模样，变得落魄、无人问津，我的内心充满了怜悯之情。的确有些时候，当桌上的一朵鲜花不再清新而芳香，开始长出斑斑点点，变得丑陋不堪时，那必是一种悲凉之意，一种徒然的悲伤。或者当看到某个濒临死亡的受伤动物，甚至某位正面临死亡威胁的挚友，眼看着他失去健康的光彩，处于弥留之际，人们唯一能做的就是在死亡面前屈服，祈祷这最后一段路不要太长、太黑，尽力乐观地想象着幸福的秘密正在天堂入口等待着他。

有时当一个人觉得衰败可以停止，可以注入新的活力时；在生命跌入痛苦的深渊后可以有一个全新的开始，可以重塑美丽时，甚至可以大胆假设重塑之后会更加辉煌时，那种悲伤之中更多的则是希望。

这种悲伤最容易困扰从事教育工作的人，人有时候会像一团乌云掠过洒满阳光的花园那样忽然打个寒战，感到许多因素在一个小群体中运转着，一个邪恶的秘密正在蔓延，渗入平静、富足的生活，怀疑、分裂和误解像毒草一般在上帝赐予人们去打理的寂静角落里疯狂繁衍。或许有人做了许多错事；有时候有人用错误的方式做了很多事；有的人对上帝的信仰还不够虔诚，不敢把一切都奉献给上帝；或是出于胆怯或内向、从心底不想多惹是非、单纯地希望事情可以自行解决；有的人甚少付出。懦弱或懒惰是所有影响人生的因素中最糟糕的。

有时候当人们在自己在乎的人的行为和脸上看到一丝怠慢、不易觉察的微妙变化时，会感到一丝悲伤，那种变化并非是改变了倦怠的状态或让身体变得强壮，出于怜惜之情，这是可以忍受的。但有时人们看到的是他的纯真正在逝去，对待健康、美好的事物变得无动于衷，甚至发现一种成熟、邪恶的美已然成形——比如能坦然地面对邪恶，并能发现其强大的魅惑力。人们直觉地感到曾经为这样的灵魂和自己的精神而开启的大门渐渐关闭了。甚至如果有人试图快速地拉开这扇门，便可以听到里面传出的声音，甚至在那一瞬间看到了快速移动的身影，因此他能确定里面有访客到访，并有一个顽皮的伙伴作陪；然后这个人只好难过地等在那里，时不时地轻轻敲几下门。如果有时灵魂在内心焦急地呼唤，里面可能会很快乐地回答说，里面已满，不能出来了。

有时候也应该赞美神，这是另一种方式的表达。一年前一个人想要见我，我不认识他，但我可以看到他正被矛盾所困扰，生命的绽放受到了阻碍。我不知道如何让这些问题暴露出来，但没多久他便简单坦率地说出了他所有的困惑，问题的确很多。最打动人心的是他说仿佛是他一个人在经历着这一切，仿佛他被孤立在同类之外，独自处于黑暗和质疑的恐惧中；仿佛令他困惑的悚然的想法和困难从来没有人遇到过。我没有对他说太多，也的确没什么可说的。他“清扫让自己心灵承重的尘土”就足够了。我尽力想让他觉得他不是唯一遇到这事的人，其他人之前也有经历过。此刻任何建议都无济于事，因为“病人必须能掌控自己”；解决问题的方法就在患者自己的心里。他知道他应该做什么，困难的是有没有要去做的强烈愿望。即使是仅仅坦率地说出担心和问题，也能驱散困扰着他们的迷雾。在陈述这些问题的过程中，它们变得简单明了，而且不仅如此，因为我经常注意到，在向用心聆听自己的人讲述自己困难的过程中往往会发现解决问题的方法。一个人可能会像基督徒在怀疑城堡那样，找到解决问题的关键，其实它一直存在于人的心里，它就是“希望”；当一个人已经完成了独奏会，他就会再一次迷失在困惑之中。

一年过去了，我欣喜地看到健康的气色和满足的表情再次回到男人的脸上。他没有刻意去克服什么，也没有赢得过什么，哪怕是最小的胜利也没有过；但他现在找到了自己的出路，不再四处探寻却不知所以然。

因此在我前面提及的那种心情里——想要去建造或是更新些什么，人们不应该沉醉于多余的、可悲的幻想中，也不应让心迷离于暗淡不明的地方，因为在那里只会做徒劳的挣扎。我这里所指的地方是指令人悲伤茫然的状态，在这种状态下的人会终日纠结于为什么世界上有那么多梦想无法实现、为什么那么多希望都化成了泡影、为什么有那么多的可能却无法一一实现。一个人必须在视力能及的范围内寻找细小的失误。即便如此，有时还会遇到邪恶的诱惑，那么令人不易觉察，它会悄悄渗入人的心灵，怂恿人们无所作为。诱惑的声音说道，你自己的心情和生活还一团糟呢，干吗要去管别人的生活、在乎别人的情绪呢？指导别人也好，管理、帮助别人也好，有什么用呢？连你自己都没有做到的事，怎么敢去鼓动别人做呢？勇者的回答会是：如果一个人知道自己失误在什么地方，曾经遭受过挫折，且已经积累了经验，那么这个人就有资格与他人分享经验，给他人提供帮助。如果我自己背负了太多，牢骚满腹且方法不当，因此而跌跌撞撞，那么我就不能给予我同病相怜的人提供建议，告诉他如何才能更轻松应对，如何才能避免失误，如何才不会像我那样跌倒吗？让别人的负担减轻就是在减轻自己的负担。尽管出差错可能是有罪的，但明知别人出错却保持沉默，本应可以出言指点却无动于衷，就是更大的罪过。也许只有自己亲身经历过的人才能提供最好的帮助，才能指出如何在艰难的道路上避过沟沟坎坎。

第三十八章

秘 密

近来，我徘徊于山间和村落，鲜少有空读书。好多时候，我都是独行的状态，或者有一位从不作声的伙伴相随，他的陪伴比世间万物更加宝贵。并且，当我不去读书的时候，总是感觉自己见识虽多，但思索甚少。若只劝人去多思考，听似是个懒惰的建议，我却总有种感觉，即阅读也是一项颇为懒惰的活动。当我独自一人，或休闲读书时，我常会放下自己的思绪，由书中之人替我思考。这样的感受，仿佛是置身于舒适的火车车厢之中，火车沿轨道一路平稳运行，到站则停；乘客欣赏沿途风光，无尽曼妙风景一闪而过。风景无穷无尽，甚至头脑疲于消化。由此，我总觉得，即使现代的旅行舒适而便捷，仍会使人易倦。然而，思考则如同一人独行山间，他可任意驻足回看沿途景色，也可尽享眼前有限之处的无限瑰丽。

读书往往是省却麻烦的做法，是大脑繁忙不休时的一剂催眠针。上周，我手边仅有少许几本书相伴。在这几本书中，一本即是弥尔顿的《失乐园》，我从开头读至末尾。我想先讲几句简短的书评，后将其引申进一个更广泛的问题之中探讨。读诗之时，心怀叹服之情，因其描述雄浑有力，跌宕起伏。然而，除去如沙滩上点缀的贝壳一般的讨人欢心之处，偶尔会博人会心一笑之外，我在其他阅读的时间里，几乎不带感情。然而，我并非说读书时没有情绪，因为我在读的时候，确实有义愤填膺之感。读罢，我的结论是，此书害人不浅。弥尔顿以一位读过《伊利亚特》的学者角度，来看待我们的上帝、救世主和众天使。我认为，该书中所描述的上帝言语之章节，关于故事背景之讨论，对救世主情节之设定，可算是英国文学史上最为污秽下作的一页。我并不愿作践自己的声誉，因为这并不是什么有趣的玩笑；但行文中对耶稣救赎之预设，即上帝问天使，有哪个愿意经历死亡来成全他那受损的公义，可天使们迟疑怯懦，以沉默作为拒绝，而后救主挺身而出，甘愿牺牲挽回大局，我只能称其为包裹在庄严语言外衣之下的愚蠢和残忍，令人作呕，使人为之扼腕叹息。上帝这一角色，在弥尔顿的设定中，是个老谋深算、骄矜气盛的清教徒。他笔下的上帝心胸狭隘，拒人千里且毫无爱人之心。他工于心计，一旦下属有过，则必惩之。若犯错者不能得到应有的惩处，社会的风气必定受到影响；

若无辜的人受到牵连，那么注定会有人成为受害者。此书邪恶可憎，我一定不允许心智尚未健全的孩童去读这样一本荒诞之书。

再者，文中有关背叛天使铸造大炮，制造火药，一排一排地杀戮正义天使的段落描述，毫无道理可言且荒谬异常。整本书充满仇恨的物质主义之感昭然若揭。我倒情愿英国的教会能列一张禁书目录，将《失乐园》放在其中，只有经历成年累月的思索，持有相应证书，且纯粹出于文学性研究目的的人才允许阅读。

这本书从反面印证了艺术竟可以如此有力；一个满腔怨念的老作者，知晓这世上所有丑陋的谩骂，那些能写出纯情诗篇和十四行诗来博得名声的美好青春，早已一去不复返了；在脆弱的名声之下，这个声名狼藉的铁腕人物挥舞着手势表达着愤怒，但力量却已日渐式微了。

我可以愤然列出这本书可能造成的潜在危害。除弥尔顿之外，还有谁能为书中女性所处的刻薄而羞耻的地位负责呢？在弥尔顿的笔下，女性的角色是无主见且温顺的，她们全部的心思都放在如何取悦她们的丈夫，如何在男人的怀抱里低眉顺眼。弥尔顿无疑丑化了周围所有女性的形象，将她们变为奴隶，当他抽打自己的侄子时，或是听到自己可怜妻子的哀号时，他才觉得自己是正义的化身。我不想再过多地探讨弥尔顿了，我倒愿意透过今天读书时所经历的这些低谷，延伸出更广阔的思想。

于我而言，在艺术之中，就仿佛置身于耶路撒冷的圣殿之中，循序渐进的三种层次可以用外院、圣所和至圣所来描述。作者和读者之中的许多人都可以进入外院；走进外院看似是将这个世界关在门外了，但进入的过程则轻松而寻常。那些被文中的观点和情境所感染的人都可以到达这里。然后下一站便是圣所了，昏暗而荣耀，可以看到灯台烛影闪烁，祭坛隐隐发亮。想要到达这个地方，就要成为艺术的祭司了。在这里，你可以看到所有勤恳敬业的匠人，他们才是真正懂得艺术中隐而未现的谜团和奥秘之人。他们可以愉悦心灵，荡涤双耳，他们会散发出迷人的馨香之气，但对这些人而言，他们还没有揭开全部的奥秘。在这里，有许多文辞优美，却尚未触及灵魂的诗歌，有感人的故事，稍有偏颇的批判作品，这些作品曾让人感到欣喜，却无法带来长久的满足。能经常到此的人皆是名流之辈，其思想广为流传，他们会谈论种族和形态、价值和秩序。他们可以算是人尽其才，物尽其用了，然而他们却常常是情绪高过了技艺。

不过，还有最里面的至圣之地，一片漆黑中，偶尔可以见到约柜上折射的圣洁光芒，碰到尊贵天使的尖尖翅膀。在这个神圣的箱子之中所放的东西倒是极为简单，一段枯萎的树枝，一罐食物，两块上面有着若隐若现字迹的硬石板。这些东西既不昂贵也不稀罕，但只有真正进入至圣之处的人才能看到这样的奥秘。有些人可以用技巧去参悟它，却没有人能将它描述出来。也有一些人，虽没有任何技巧去展示自己，却真的到过至圣所，并且眉宇间隐约带有从那里折射出的光芒。

弥尔顿年轻时曾亲眼见到那至圣所，但是后来却忘了，在这喧嚣而混乱的尘世之中，他忘记了曾经看到的一切。只有到过至圣所的人才能认出其他曾经涉足者的踪迹，并且他们绝对不会认错。我不知道在他的生命中到底发生过什么，让他有了这样的变化，因为从外在的表现中无法找出这种差异。在此，我会谦卑而诚恳地说，我曾进入那样的内室之中。虽然很难描述到底是在何时何地有过这样的经历。我在内室之中的所见所闻，没有运用任何完美的技巧，也没有使用任何表达方式来描述。自从我去过那里之后，我时常会意识到是否别人也曾到过那里。有时我在读书或欣赏画作的时候会看到些许痕迹，有时我可以从一个不经意的眼神中发现端倪，有时则是默默的唇语。它不关乎知识，也不是直指成功的傲慢。事实上，它经常是指一个柔和谦卑的灵魂。它没有定型，却是一种思维的形态，一种思想的品质。经历过这些的人，有些甚至在世人眼中是十足的罪人，没有快乐，也不知满足。但他们从未向本性屈服，也从不是冷漠或卑劣之人。冷漠和卑劣可谓是人之本性，并非罕见，但不会在去过那个地方的人的身上找到。虽然去过至圣之所的经历无法给人带来平静、力量或自信，但它却是人类在这世上所能经历的最美好之事。

有人读过这些话语，不过认为是在捕风捉影，但我在这里所说的一切并非空穴来风。虽然我无法完全解释清楚这至深的奥妙，但我敢肯定，若有这样一个有着此种灵魂的人从我身旁经过，我定会毫不迟疑地认出他来。既然我写下这段文字，我就知道若是有人曾涉足这至圣之地，他们一定能领会我的意思，也会知道，我在此的所言所语不过是个简单的真理。

有些人在宗教中发现了前往那里的道路，但没有人对宗教的态度会像弥尔顿那样。实际上，这个奥秘之所以伟大，部分原因在于通往那里的道路有无限条之多，却条条没有交集；得以进入的瞬间完全出乎意料。事实上，就我个人而言，我只知道自己曾经去过，而不记得究竟是什么时候。

正是这个秘密构成了世界上最深沉的手足情谊，这种神秘感与教义、国籍、职业、年龄、性别都没有关系。我会说，若是上了年纪的人还能进入其中，是非常困难的，或者说是十分稀奇的。能进入其中的大多是年轻人，那些还没有被传统、习惯所束缚的年轻人，传统、习惯尚未在他们的生命之路上筑上隔阂。

知晓这个秘密的人会结成这个世上最为隐秘的手足情谊。他们之中不会有人站出来公开宣扬什么，也不会把贤人雅士都聚在一处，因为这样的关系本就是要保持各自的独立。一个参与其中的人可以认出他们的兄弟或姐妹，那将是一个美好的时刻。但是他不可以用语言来描述这样的场景，实际上也没有必要用语言来描述这种彼此明了的境况。有人可能会问，这样的秘密能带来什么好处呢？它不会带来欢笑、富庶、成就或欢欣鼓舞，它会时不时地带来一种深层次的喜悦——这种喜悦是可以捕捉到的，是可以经受过试炼的，是可以长久保存的。我想，如果始终带着一个确定的目的，那这个人永远无法接近这个目标。带着强烈欲望并渴望得到它的人总会失望，但是想要得到它的人，一定要心怀希望。如果有人不解我为什么要写下并出版这样看似虚空的文字，来描述这样深刻而缥缈的奥秘，我想说，这是因为并不是所有已经抵达的人，都知道自己已经到过那里。我仅仅是希望我所写出的这些话可以对一个焦躁不安的人说，你已经找到那里了。因为有人可能在年轻的时候就曾找寻到圣地，自己却没有意识到，而到了中年也可能会忘记所见到过的景象。我很痛心地看到，现在我的兄弟之中，就有许多人变成了这个样子。他们之所以蒙受这样大的损失，都是因为他们怀揣轻蔑而睥睨的态度来看待他们的所见所闻，他们嘲笑那些怀揣这份希冀的青春与仁慈。这是上帝所憎恶的罪，是对灵魂的扼杀。

我现在在思想之路上越走越远，离起初动笔的思绪越来越远了。但这条道路却不是我自己来写就的。那位写出既犀利又幼稚诗篇的弥尔顿，他为我打开了一扇门，在门内我看到了一个梯子，梯子的顶端所站立的，正是被强烈的怒火所点燃的上帝。就像雅各一样（他是我们的一位同僚），我也用那片地上的石头为枕，也许这样一来我就可以拥有更为丰盈的梦境。

随后，我走在绿意盎然的高地上，我在心里向上帝祈祷：我祈祷可以记下今天的所见所闻；祈祷每个人都可以有机会一睹至圣所的真貌；祈祷在我们寻求圣地的旅途中，上帝可以为我们引荐彼此；祈祷随着时光推移，上帝会引领越来越多的人去一睹那隐藏着至深奥秘之处的风采，它比世上任何雍容之地更为华美，只需一瞥，就会知道，那些仅有华丽外表的宫殿是永远无法与之媲美的。在那神秘的至圣之所，我们会见到位于中央的生命之水的源头，从里面涌出如水晶一般剔透的生命之泉，再分成无数细流，沿着圣殿的大门流出。当以西结看到那流淌的泉水时，虽有犹豫迟疑，却仍真诚地感激世界的奇妙。

实际上，我也可以再深入一点，倾尽心力诉说许多与之有关的故事。我可以找到许多相关的诗人和作家，有的誉满天下，也有的默默无闻；我可以区分出在他们之中，哪些是我的同路人，哪些还徘徊在门外。但我不会这样去做，因为这样会引来一众怀揣好奇心之人，困惑却妄加揣度，想要猜透这奥秘究竟是什么，而这并非我的本意。我写的这些文字，本不是要那些不领会其中奥秘之人徒增好奇；这些文字是要写给那些能读懂之人，并且，更为重要的是，是写给那些曾经到过至圣之处却忘记了的人。不会有人以这些事情为交易来获取利益，并且也不会有这样做的机会。如果有人怀揣着同样的秘密，我或许可以在一瞬间就能感觉到其中的深意，仅仅是从一句话，甚至是一个微笑里。我也可以将整整一个夏天的时间花费在跟一个博学聪明的人解释这件事上，但不会给他任何暗示。因为这些事，不是靠有知识的头脑就可以理解的，它无关缘由，无关逻辑，它是一种直觉。所以，对于一个只要自己不理解就无法相信的人来说，他会觉得我所写的一切都那么空洞而荒谬。唯一让我感到为难的事是当我与一个人交谈的时候，发现他身边有那么多知道奥秘的人，出于自然而然的影响，他对真理也略知一二。我有一位老友，是个虔诚的妇人，在她生命最后的日子里，她在房间里长久地祷告，唱赞美诗。房间的笼子里有一只鹦鹉，它总是安静而专注地待在那里；不久，鹦鹉生病了，它也开始学着像它的主人一样祷告，唱赞美诗，几乎到了以假乱真的地步。它与我之前提及的那些人是同理的。前不久，我跟一位聪敏的女士进行过一段长时间的谈话，与她同住的男人曾经见到过那样的真理，当我几乎就要认定她也是掌握这些真理之人时，她突然说了一句对自己很严苛的评价，然后我才发现，她其实从未走进那至圣之所。

我现在说得已经够多了，是时候要收尾了。我记得很久之前，我还是一个孩子的时候，我画了一幅画，并把它挂在了我的房间里。画中画的是一个跪在山丘上的年轻人，目光朝上，山丘挡住了太阳，却挡不住太阳的光辉。在画的下面，我竟然出于莫名的原因写下这样一行字——我注视着光芒，心怀畏惧。在那个时候，我其实离真理还远得很；但现在我意识到了，那时的我预见了它应有的样子；因为当你心怀畏惧时，离揭示这奥秘也就不远了。这种情感不是胆怯、战栗，而是一种神圣而美好的敬畏。我从未想过将会有什么降临在我身上，当我真的见过它的样子，我只能诚心诚意地说，最好能时刻记得它，即便能感受到悲伤，总要强过忘记所见过的一切。

第三十九章

讯 息

我昨晚在一间古老的宅院借宿，今晨，有一阵低沉而甜美的歌声把我唤醒。风琴的声音低柔婉转、清晰可辨，伴着清亮的高音——那声音雄浑有力，仿佛在娓娓诉说，同时又将琴声融入其中并赋予了感情。我听到这样的歌词——

大祭司每年一度，
得以进入圣所之中，
他的袍子洁白无瑕，
那是上帝的恩典之日；

没有众人在旁站立，
独自进入无人能及之地，
焚香又立血为记，
他为众人献赎罪祭；

然而吾辈无须久耐，
短暂时光悄然流过，
圣父现于吾辈之前，
耶稣为吾众罪而死；

天父到彼地以前，
他牺牲而为人代求，
长久坚持祷告不止，
他为吾辈担罪代请。

美妙的歌声停了下来，却余音绕梁，随后，祷告的声音响了起来。据我所知，那是来自宅子里的一间小礼拜堂，他们做了一个简短的晨祷。但我不禁对那个吐字清晰而有力的声音感到好奇——那声音仿佛就在我的耳边回响。我起床，拉开窗帘，发现天已经亮了；随后我发现，在我房间的角落，有一个小小的窗子，从那里可以看到礼拜堂的走廊，窗户恰巧开着，我不知道这是一个巧合还是有人刻意为之，但这恰好让我也变成了这场主日聚会的一位听众。

我沉浸在赞美诗的歌词之中，这歌词很熟悉，奇怪的是它仅在几本诗集中出现过。歌词写得非常好，既有凝重的语言，又十分和谐；并且，在创作的时候又恰到好处地充满了强烈的戏剧性。它扣人心弦又短小精悍，篇幅适中，在我的脑海中迅速地勾勒出了一幅画面。它对我而言也不失为一种开启全新一天的美好方式，美好的感觉涌上心头，美妙的歌声在此更是锦上添花。而后，我的思绪开始越飘越远。这个小小的主日聚会很美妙，有着崇高的思想和柔美的诗歌，但我开始思考，我们是否将自己的宗教信仰局限在一系列的条条框框之中了。如果真的存有这样的想法，那未免太不知感恩了。

我感到这是一种存在于生活之中的困惑，有时甚至还没有被人意识到，那很久以前的牺牲仪式是跟他们有着紧密联系的。简单地来解释这一点，其中的精妙内涵，就是那个源于历史黑暗时代，人类的创造者因人类的固执和嚣张而义愤填膺，恼火不已，需要将他的永生之子长久地作为中间的桥梁，来熄灭他对所带领之羊群的恼怒，而神的儿子从某种程度上说，也是神本身。我的脑海里实在无法想象出这样黑暗的信仰。我也不是完全懂得，为什么上帝会允许人类变得这样盲目而罪恶，为什么上帝会允许苦难和黑暗在这个世界上肆虐。如果我认为是神将人放在这可悲的世界中，让人在充满试探的环境下相互竞争，并最终离弃了神本身，整日以追随魔鬼为乐事，以至于令他愤怒，那么我对神也好，对有神性的人也好，都会产生绝望之感。我宁愿相信，我们是在光明中成长，在光明中奋斗，并且上帝的心与我们在一起，并不是要在奋斗过程中抛弃我们。当然，也可能有人会说，那种加尔文主义早就不见了，一个理智的基督徒才不会去相信那一套，他们都有一个更宏大、更广阔的信念。对于一些很聪明的基督徒而言，这可能是真的，当他们抛弃加尔文主义后，他们会觉得很难判定他们的信仰在哪里。随着加尔文主义在英国逐渐衰落，我不认为，有任何理由可以印证这样的假设。我相信，无论是从《圣经》经文来看，还是从其他角度来看，在英国有一大部分基督徒会认可上述引用的赞美诗节选；同时还有一批少数派，并不认为上述内容表述得极为贴切。

但这引起了我对一个更广泛问题的思索，谈及上帝的启示，我们无论在言语还是想法上，都不够谨慎。我们，或是说，在宗教背景之下成长起来的人，知晓以色列历史和众先知，这样的人会倾向于认同上帝的智慧是通过这些经历焦虑和困苦之人的记载而保留下来的，比我们所了解的周遭世界内容更丰富，表述更直接。无论是田野还是森林，无论是海洋还是天空，上帝给予我们的启示都更为邻近，也更为直接。在古代典籍中我们读到了先人的思想，看到他们执着于自己的理想并为之奋斗，上下求索寻找上帝传递出来的讯息，坚信人类能以一个家庭为起始而创造历史是受到上帝格外恩待照顾的。上帝对人类的心意时刻围绕着他们，可以用成千上万的形式来表达，飞鸟、走兽、花朵、树木都只是表达形式的一种。他准许生命的出现，也包容这个生命的一切。他赐予他们喜悦和痛苦，出生和死亡。科学已经证明这个世界是由一种巨大的神秘力量来维持运转的，这是远古时期的人们所无法想象的。

那我们所做的就是将自己的信仰局限在这样古老的预设之中吗？毫无疑问，这里面的确是有真理在庇护，但我更加确信，上帝的旨意是时时围绕在我们身边的，在每片田野、每片森林、每一条溪流、每一片湖水之中。但我真的相信，赞美诗中所描绘的景象也会出现在那遥不可及的天堂中吗？赞美诗中所假设的，说我们所处的这个小小星球是唯一由上帝之力指引前行的星球。但科学对我的提醒则是，每一颗挂在天空中的星星都有星系环绕，生生死死也在它们上面上演着。这真是个让人头晕的想法！如果这是真的，那我们直接面对不是更好吗？大脑因这样辽阔无边的未来之境而感到战栗。但不正是这些想法，让人能更清晰地认识自己、认识到自身的渺小吗？相比那些古代立法者和先知们的哀伤的梦想，这样会更真实有效。还是我们要继续自欺欺人，有意将我们的视野禁锢在某一单一种族的历史上，仅仅局限于史料记载中的某几个世纪的历史片段上呢？也许那会成为一种更为实际有效的视野，一旦这样的广阔思绪被放入我们的头脑之中，就无法再忘掉它们了。

似乎周围的一切都在声嘶力竭地警告着我，不要企图窥探这深奥的秘密，告诫我要等待，敞开心灵之窗，总会有机会从中瞥见那真理的。

为了消磨时间，我拿起了身旁的一卷书，是备受争议的诗人沃尔特·惠特曼的作品。除去精湛的表达技巧，相较于其他人的诗歌，他的诗歌似乎总能进入那广阔的世界里，用心去描绘生命的神奇与喜悦。我读着他的《大海的声音》，感受到文中饱含的温柔感伤和启示。他笔下的小男孩，任风吹过自己的发梢，聆听痛失同伴的鸟儿哀号，试图帮助那只鸟儿重返旧巢。当那鸟儿鸣叫的时候，声音越加悲怆，它那小小的心脏因失去爱侣而剧烈地抽痛着。就在那时，男孩听到了大海的声音，看到了那“涌动的海岸线和湿漉漉的沙滩”，听到大海说出了那个既沉重又美好的字眼——死亡。

这首诗仿佛将死亡看成了所有人心驰神往的一个归宿，因为疲惫的双眼终于可以在这永久的沉睡中合上了。我却不愿用这样柔和而温馨的词汇来谈及这个想法。

如若死后真的有另一个世界的话，我可以很轻易地相信，死亡的确要比恐惧来得容易；仿佛就是山丘上的一片云朵，为大自然投下些许阴影。上帝在我心里种下了恐惧，因为我实在不知道，死后是否会有另一个世界。虽然我不知道另一头的事情，我仍然可以热爱我的生活，不辜负这大好时光。世上所有的宗教都是让人相信，灵魂从肉体中得到解脱，将要得到安息，而记忆则被存留。但这比希冀多了些什么吗？它是否是内心冲动的一种直觉，无法承受那种一切终将逝去的念头呢？

我的思绪似乎早就飘离了耳畔的甜美歌声，当我回到思绪之中时，我会问，诗人的幻想——湿发在海风中飘扬的孩童，失偶小鸟的哭号，喃喃低语着死亡十分美好的波涛——这一切难道不比描述情境的赞美诗更能体现宗教的内涵吗？赞美诗所描绘的，我无法证明其真实性，即便是真实的，也会让我陷入深不见底的绝望之中，比我自己的无知导致的无望还要严重。难道我们不应该让宗教变得更广博而宁静吗？难道我们不是一直在用树林中的鸟儿自由欢唱去换取锁在笼中的红雀的啁啾哀鸣吗？对我而言，我们仿佛总是从芸芸众生之口得知关于上帝的事情，思想受到禁锢，关闭试听，从而摒弃了更广阔世界里的其他声音。

今天，我走在树林荫翳的峡谷中，忽然看见一条孤僻而寂静的小道斜斜地通往一扇门，带领我来到一片林中空地，我开始观察树木那忙碌而坚韧的生命力。嫩叶在雨中伸展，鸟儿在树木间跳来跳去，一只老鼠跳蹿着跑过草木茂盛的小路，林间百花齐放。而我猜，所有这些小生命都对生命的长短没有任何概念；每个生物都知道自己的小脑袋里装着怎样的秘密和直觉，并大概能猜出与它们类似的动物的所思所想。然而，哪怕是最细、最小、最卑微的生命在主的心中都会占有一席之地。那时的我心想，就这样断言、描述、界定我们那位神秘、令人敬佩的创世主，是多么激动却又傲慢的一件事。单是想一想《旧约全书》中对他的描述，那凶猛而又充满复仇之念的计谋，以及那明目张胆的偏爱，在我看来只能是骇人的亵渎。但是这些从旧教会流传下来的古老记载，在某种程度上也影响了我对他的想法。

然后，所有令人焦躁的图景都离我而去。有一段时间，我感觉自己像一棵在无垠的大海上漂浮的水草，头顶是耀眼的晨光。我感觉自己确实处在主安放我的地方，若是我的心脏和头脑太小，以至于无法容纳真相时，我仍要感谢主至少给予了我有关神秘、宽度、深度的概念；我曾向他祈祷，希望他能给予我足以承载的真相。而且，我确信主确实满足了我的愿望，我的确是主的一部分，而并不是与主分离的外物，甚至不是他的孩子，而是他本身。

第四十章

死亡之后

一天晚上，我在梦境中看到一个奇怪的景象，因为这个场景的神奇和怪诞之处，若靠我自己已无法理解，所以我便忍不住记录下来。它暗示的是什么，又有什么渊源，我无迹可寻，因为它只是在一片空虚之中来到我面前。

在这梦境中，一群陌生的身影在隐蔽的过道中快速穿行，四周压抑而晦暗，让人迷惘、焦虑不已。而在这段恐怖迷乱的梦境之后，我忽然心情变得无比轻松愉快，我感觉自己似乎是或坐或躺在悬崖顶部的一块草地上，沐浴在明媚的日光里，前面是万丈深渊，环视左右可以看见嶙峋的岩壁。我的身后是一片草坡，清新的风阵阵拂过。天空万里无云，再向下望去，可以看到一片蓝色的海洋，海浪拍到金黄的沙滩上，化成朵朵浪花。向左望去，一条河从小村庄中流过，最后汇集在教堂周围。我俯视下面小房子的屋顶，看着人们像蚂蚁一样，来回走动。河水在土地上蜿蜒伸展，闪着水光流过浅浅的河道，最终汇入海洋。在左边更远的地方，层层的岬角影影绰绰，右面则是一片广袤的水源丰富的平原。青色的山丘起伏，点缀着茂密的林木和大大小小的村落。海上都是往来的船只，帆鼓满了风，阳光洒在上面分外耀眼。耳畔只听得见风穿过草坪和石壁发出的低吟。

我很快意识到，我对这个场景所有的感知与过去相比，有着质的飞跃，这一认知让我又惊又喜。我曾经描述过所听所见，如今看来我从未真正见过、听过。在这一刻，所谓感知，即听觉和视觉，并无差别，实则一致。比如，我可以在同一时间观览全景，将身后和面前的景象尽收眼底。我除了陆续展开对场景的描述，别无他法。但这场景其实是同一时间呈现在我的脑中，我无须把注意力从一个点转换到另一个点上，所有的一切都摆在那里，供我领略，这种整体感真是无法言喻。接着，我又意识到，虽然我自称当时是坐着或躺着，但其实那时的我并没有躯体，只是一个有知觉的质点。我忽然又意识到，将这份感知力转移到另一个点上，其实只需要意志力的转移。对此，我是能够予以验证的：最开始，村庄在我下方很远的地方，可是下一秒，它们就近在眼前了，我感觉这些房屋以及人们的脸庞触手可及。再下一秒，我又被埋身在悬崖中，周身都感觉到岩石和石块上的裂缝。之后，在意志力的作用下，我又来到了海里，看到上方罕有人迹的沙滩，头上是被阳光照亮的蓝色海水。我看到鱼儿在上方游游停停，一条条海草在海水中摇摆漂动，贝壳类动物如巨大的蜗牛在软泥上爬行，螃蟹在成堆的卵石间飞快地爬来爬去。然而，不知什么原因，我又回到了第一个场景。之后，我像鸟儿一样，停驻在那里，然后开始了一场极乐的梦境。忽然，一个念头闯入我的脑海：我方才所经历的，不正是过去常说的死亡吗？所以现在眼前的一切，就是昏暗长廊那一头的景象，这样明亮，这样无拘无束，意想不到的安宁！我丝毫没有为了什么而费心，或是为了什么感到焦虑。似乎没有任何东西可以打搅到我的安宁与幸福。我的心中唯有同情，同情那些仍被压抑在心神不宁的形骸中的人，他们在让人神伤的困境中，焦躁、忧伤、烦恼、茫然，不知困扰着他们的死亡阴影所遮挡的正是那扇通往幸福的门，那种幸福完美且无法言喻。

我感觉到，所有能感知到的东西，都清楚地浮现在我的脑中，我可以看穿所有的谜团，看到所有想目睹但从未到过的地方。但此时此刻，我沉浸在安宁祥和的幸福中，只想置身无尽的安逸中，所有的厌倦与不安都与我无关。我得到了绝对的自由和幸福。我确实曾牵动意念，让自己回到曾深爱的家，看到那座昏暗的房子里，我所爱的人在房内走动，面带忧伤。我看到母亲坐在那里，读着大概是我写给她的书信，我知道她正在抽泣，我却悲伤不起来，因为我知道，溢满我全身的这份宁静和欢愉，同样也会眷顾他们。在有了这个新认知后，那条黑暗的长廊和对人类而言最疼痛的折磨，都显得微不足道了。我很快又回到了悬崖顶，舒舒服服地等待、歇息，沉溺在这份幸福之中，不用担心这有丝毫的私心，因为这份满足是如此纯净且自然至极。

就这样，在等待中，我突然感觉到身边存在着一样东西。它没有外在形态，但我知道它是一个充满爱和善意的灵魂，我感觉它已历经沧桑，然而它并不是圣灵，因为它并没有让人产生敬畏之感；它又不太像人类，感觉倒像曾经是人类，后来又升华到了一种更高层次的感知，让我感觉到一种深沉而纯粹的陪伴。现在，我又发现，我用意识同这位新伙伴进行着某种沟通。这种沟通并不用言语，只是用思想，然而我只能将它用文字表达出来。

“是的，”灵魂说，“你能让自己歇息并幸福着，这难道不是一种完美的体验吗？虽然你已经经历了很多遍，但在未来你将会再次经历很多遍。”

然而，我猜想自己并没有完全听懂其中的意思，于是问道：“我并不明白，不过我确信有一点是肯定的：我是不是已经经历过死亡了？”

“是的，”灵魂说，“而且经历过很多遍了，这是一个非常漫长的过程，等你有时间追忆，并已习惯了这些美好的新变化之后，你会很快记起来的。你仅仅回归到我们这里一点点。你也知道，最开始的时候，人都是需要有这样一次的，因为我们在生命耗尽之后，总需要一些东西让精神振奋和安宁，让自己宛如新生，这样才能足够强大来面对之后的事情。”

一瞬间，我幡然醒悟，曾经的上一段生命，就是在不同时间和地点曾经生活过的生命，每段生命过后，我回到了让人愉悦的自由中。

一个念头闪现在我的脑中，“我一定会再次重生吗？”我问道。

“哦，当然，”灵魂说，“你瞧，你很快会重生，但现在先不要管这些；你到这里来，就该饱览这丰富的美景，等到你再次回到渺小的生命中时，你只会记得些许短暂的瞬间。”

然后，凭着直觉我感到现在我来到了一个黑暗城镇中的一条狭小而肮脏的街道上。我看到衣着邋遢的女人进进出出，我看到满身污垢的小孩在排水沟里玩耍。破败不堪的房屋上空是工厂排出的黑烟，厂房的百叶窗后面传来嗡嗡的声音。我顿时心头划过一丝忧伤，因为我明白了自己将在这里降生，在这悲伤而又肮脏的环境中，哭泣着成长，终生在恶习、贫穷、酗酒和艰苦劳作中挣扎，度过劳苦艰辛而又无望的一生。回想起上一段生命中那种自由的环境，以及富庶、舒适的生活，一时间，我心中生出难以忍受的恐惧感。

“不要这样，”我听到灵魂说，因为我闪回到它身边，“这是毫无用处的想法，这只是一时的，你最终还会归于平静的。”

这个悲观的念头一直如阴影般挥之不去。“逃不掉了吗？”我问。听到这话，灵魂开始责怪我，但语气显得并不生气，反倒是充满了耐心和同情：“人难免受苦，却从中获取经验，并得到升华。”接着，又轻柔地说道：“当然，我们无从知晓为何定要如此，但这就是上帝的意志。

无论人们将会在这个黑暗的世界里遇到多少疑惑，经历多少磨难，我们永远都不应怀疑这其中的智慧与爱。”这时，我忽然意识到我从未怀疑过，而且无论以后被送往哪里，我都会心甘情愿地前往。

之后，我开始关心起与我交谈的灵魂。我问道：“那么你从哪里来，是做什么的？我感觉我们很相像，可又不太像。”它回答说，“你说得对，我不必再回到那里了，这一切对我来说都结束了，我一步也不想踏上那条黑暗之路。关于我所在的地点和行当，我无法向你解释。我年事已高，见识过很多事。我们只会一遍又一遍地回去，并不是为了等到我们成为完人，而是要等到我们已经完成了自己的旅程，等到这份安宁中的幸福渐渐强大，具有更大的承受力，因为我们变得更加强大、淳朴、真诚，这样周遭世界就再也无法对我们造成大的伤害。我们明白了不能随意去评判别人，当看到他们残忍、恶毒、自私的一面时，我们心里就会知道，他们只是刚入门的孩子。每当我们回到这里，就会发现邪恶越来越少，希望越来越明朗，直到最后完全看清。”我似乎想向它求助，它开心地说：“是的，我见到了。”不久之后，我独自沉浸在这份幸福快乐之中。

我说不清这对话持续了多久，但如今，我感觉自由和轻松的感觉比过去少了一些。很快，我知道自己已经与尘世产生了联结，一段空白过后，我醒来，回归到原来的世界，又开始了种种担忧。

虽然给我带来希望的一切已然消失，但我认为它们不会彻底弃我而去。在我浑浑噩噩的头脑中浮现出一个画面，我并不知道这是什么，但它的轮廓是那么清晰明了，我不禁想到，一些深邃而真实的事物正显露在我眼前，那是存在于我们这些渺小而躁动人生之外的明朗天空和纯净天堂的一隅。

第四十一章
永恒的意志

我清楚地知道，在讲述上面这些事情时，并无技巧可循，因为我并不了解哲学或玄学。于我而言，哲学书就是一堆思想的坯料，直到艺术工匠用他们智慧的头脑，将之筑成充满生机的房屋，它才具有意义。正如一片浅浅的水塘，能够映射出星光闪烁的无垠夜空，这些长期存在于我们言行之中的问题，可以暂时在我浅显的头脑中被反映出来。

正如一位老诗人所说，这种哲学思想的唯一价值是它会教导我们用一种坦诚而真挚的心态，耐心地等待主的来临。而我自己的人生哲理则更简单，那就是，如果我能越来越真诚，就能获得我所欠缺的力量。我们这些脆弱、神秘、让人费解的人类，更应该以谦逊的姿态满怀希望地等待主的来临，丝毫不企图深究这些深奥的秘密，甚至连想都不要想。我们只需坚信，我们要真诚地对待内心，而不是期盼着把忽视或回避我们的所见所闻作为解决问题的方式。我们发现自己身处世界中，与特定的人有着必然的联系，被赋予了特质，会犯错，会有恐惧，同时又怀揣希望和喜悦，有所爱又有所憎。罪恶如影随形，虽然它威胁到我们的幸福，可我们还是不可避免地一次次落入它的手掌。在灵魂深处，有一个声音一次次地向我们强调着，我们能期望得到的最美好的事物，无非是真理、纯洁和真爱。虽然不能全然做到，但我还是尽全力去遵守，因为这是所有召唤我的声音中，最响亮而清晰的一个。我认为所有的经历，无论甜蜜还是苦涩，无论公正还是不公，都源自这股巨大的力量，正是它造就了今日的我。于我而言，世界上最具能量、最美好的事物，恐怕就是和平与安宁，而正是这种潜在的力量将我带向那里，每当我努力想脱离烦恼、悲伤或绝望时，它们就会加速带我向那里前进。圣言说："将所有的关心都给予他，因为他也同样关心着你。"而且，当我放弃理性跟随直觉走时，感觉自己离真理就更近一步了。最近，我为了一个恼人的问题前思后想反复斟酌，费尽了心思却毫无头绪。我曾经在那时就知道，这一切都是徒劳，等到时机成熟，自然会水到渠成。等到那时，我就可以告诉世人这一切是如何做到的，以此来证明神圣之手是如何给予我完美的引领。我人在旅途，脑中所想的尽是这劳顿的路途，每一步都要反复审视、权衡利弊。我无法读书，更无法看到外面的世界。火车到达了一处令人乏味的乡村火车站，列车员将我们的车票收走。信号灯一亮，火车再次启动。就在此时我豁然开朗，心中明白自己该怎么做，并抱有一种毋庸置疑的肯定。我的理智曾预料到了相反的决定，但是我当时没有任何疑问或犹豫。唯一的问题是，我要选择在何时，以怎样的方式来宣布这个结果。可是等我在当天下午回到家时，看到一封信已经在家里等候我多时了，而正是这封信给了我最期望得到的一次机会。而且，正如我料想的那样，这封信正是在我下定决心的一刹那写下的。

我对这段经历的描述比较详细，因为这个例子可以很好地说明决定是如何突然降临的。然而，对于决定之前很多天的焦虑和胡思乱想，我并不怨恨，因为正是它们让我知道了自己天性中的软弱。这一切真正的奥秘在于，我们应该珍惜当下，珍惜每一小时、每一分钟，不应把时间都浪费在杞人忧天和追悔莫及上，只要尽可能全身心地做好眼下的事就好。同时，人们也会渐渐地明白，把所谓的宗教拘泥于定时定点的祷告，或是绝对的庄严，是所有错误中最让人痛心的一个。凭着我前文提到的直觉去生活才是宗教的宗旨。哪怕是最微不足道的事情也应该得到诠释，一言一行一念都有极其深刻的内涵。人们不再为了使命感而诚惶诚恐，人们不再费力气去打动或感染周遭，他们只是一心关注着言行是否得体——或许称为“目的”是不妥当的，因为此时的我们不会再有诸如“目的”或“努力去做”之类的念头，唯一要做的，就是感受那只温柔的手要把我们带往何方。而痛苦只会在我们执意违背自己的意愿、放弃自己的快乐时才会降临。

我之所以希望这本书能在不冒犯任何人的情况下，用寥寥数语对我的兄弟姐妹道明人生真谛，是因为我坚信自己所描述的东西都是真相，我不允许任何人因为计较我自身行为中的不足，而忽视被我努力用文字来表达的理念。我心中明白，自己还远没有达到那种程度，还需要继续历练，也无法把尚不可靠的执拗质疑告知众人。然而，世上总有那些可以摒弃常规及伪善的人，他们怀着一颗谦逊的心时刻准备做出牺牲，全然无惧地将自己完全交到上帝的手中，这些秘密正等待着这些人去发觉。社会、组织、仪式、形态、权威、教条，这些都是外在的。人们必须悄悄地在心中最隐蔽的角落，无声地找到那条孤独的路。一旦这条细长的路径出现在我们脚下，世界上所有复杂的关系都会变得简单而明朗起来。我们无须改变生命轨迹，不用其他人的指引，也无须寻求新的环境，因为我们的指引者就近在身边，甚至比朋友、兄弟或是爱人都要更加亲近，而且我们知道，我们正如主所希望的那样待在本就属于我们的位置。这种信念会在一瞬间，消灭我们在与他人接触过程中产生的尴尬，以及对待自身时产生的焦虑。对待自己时，我们只需期望做到忠实、无畏与真诚；对待他人时，我们要努力做到有耐心、温柔细致、心怀感激并充满希望。即便是要责备，也不要尖酸刻薄，不应出于个人的虚荣，而夹杂任何怒意。如果我们要表示赞扬，也不应吝啬溢美之词；我们不应将自己视为具有影响力的核心人物，左右他人的言行；但我们要清楚自身存在的失败之处和面临的困难，并同样清楚地认识到其他人也像我们一样受到指引，在认识到自己的同时，也了解到每个人都得到主的特殊关怀。我们既不会推搡着挤到前面去，也不会不安地在人群外围徘徊，因为我们的位置和道路是既定的。我们可以追求幸福，但不应憎恶痛苦。苦闷忧愁的日子在所难免，它们是我们灵魂中的设定。我们必须喝下药剂，而不惧怕其苦涩的味道，因为那是主赐予我们的。基督教徒在这种想法下，才会开始关注《福音书》的历史基础，这一点只有在心平气和中方能领会；因为那里或许记载着这世上唯一一个人，唯有他能在人生中的每分每秒，哪怕是最黑暗的时刻，也彻彻底底地遵从圣意。在这束光下行走的人们必然是基督教徒，就如他必然是一个人类一般；他对基督的教义忠贞不贰，一如他对人类的物欲横流毫不在意。

想要拥有这个秘密无须从世界中隐退，无须切断任何联系，无须践行宗教仪式，更无须努力做到思想清明。它就像阳光和空气一样简单，并不需要抵抗、不用注意措辞或是有所放弃。它的反抗只表现为不予以关注，它的措辞则是一段真诚的话语，它的放弃则是指它本就要做的事情，而不是真正放弃要去做的事。它会遵照内在声音发出的指令，决定去留。它不会去强求不可能的事，亦不会刻意地标新立异。随着时光的流逝，我们可以清楚地看到，这条路变得平坦，弱点得到了加强，罪恶被冲洗一净。它不会对任何其他生命做出评判，不会想方设法达到某个目标，有时它也会抗争、哭泣，有时也会平静。它仅仅只是轻柔地与主的意志保持一致，就像潮汐在月亮的作用下涨落，时而伴随着声响一浪高过一浪，冲过满是泥沙的河道。

第四十二章
待到傍晚

有时，我会在一座老房子的平台上驻足，那是我经常待的地方，我时常在那里欣赏挂在墙上那幅色调暗淡、几近褪色的水彩画。我并不觉得这幅画的作者技艺高超，可又觉得画中有着某种寓意。它似描绘了一片开阔的高地、洼地或荒野，那里生长着一些低矮的灌木，它们在风的吹拂下恣意生长；近处有一条小路，蜿蜒延伸到远方的平原上；一大片林地枝繁叶茂、密不透光，斑斑点点地露出几块空地。远方的地平线上是远山的轮廓形成一条模糊的界限。此时刚好日落黄昏，天空布满了苍白而清澈的亮光，万物还没有褪去本身的颜色，但也在逐渐变暗。在道路中间，站着一个人，他背对着我，用手遮在眼睛上面，向着平原深深凝望。看样子，他像一位旅人，虽然看起来疲惫，但精神依旧很饱满。他的身上散发出一种宁静而平和自在的感觉，至于这是如何传达出来的，我无从知晓。他以为还要赶很长一段路，遥望之后则发现，自己已经离家越来越近。这幅画承载了一个简单的故事——待到傍晚。

对我来说，这种画面通常意味着一种优美而庄严的内涵。只有这样，我才能接近朝圣之路的终点。虽然疲惫，内心却很平静，并确信会得以歇息，并受到欢迎。早晨的清新与愉悦早已消失，迈着坚实的步伐已然走了几个小时，白天的暑气已经散去，眼前唯有影影绰绰。黑暗的灌木丛间吹过阵阵凉风，夹带着林地的气息，以及从长满灯芯草的山谷中传来的浓郁香气。在夜幕降临前，旅人会推开那再熟悉不过的大门，看见灯光从家里的窗子透出来，黑黑的烟囱和三角墙在绿色的天空中凸显出来。爱他的人正在家里等待着他，听着他的脚步声越来越近。

这些难道不容易实现吗？人类灵魂的宿命又有多大可能，会像被人纠缠追逐般，沿着逐渐变黑的小道，一路蹒跚着逃跑，包裹在令人眩晕和恐惧的气氛中，慌忙地说着可怜话。然而，人们更应该去亲近主，将无比珍贵的生命交付到一双小心翼翼的手中，只要是主的意思，即使是要其归还生命，也要做好准备去遵从。主赐予我们勇气和力量让我们生活下去，当主召唤我们时，我们可以心甘情愿地死去，面对那扇通往未知之路的大门，暗自满怀信心！

结语

这本书犹如我生命之书中的一部分，现在，我会尽量用寥寥数语，概括一下我写该书的目的。“生命金线”有两大重要特征：一是耀眼；二是坚固。耀眼是指它能在黑暗中不断发出一抹珍贵的亮光，我们提着一盏灯照亮脚下的路，而闪烁着的正是这光亮的反射以及发自其内心的一抹光亮。同时，它也非常坚固，很难被弄断，它能真正地引领那些已在山洞中徘徊许久，弄得灰头土脸的人们，走出那漆黑的小道。

我们即将走过的世界大多是黑暗的，在这段旅途中，我们需要拥有这两大品质，它们似是一种极其火热的本质，或者说是灵魂中一份耀眼的热情；或是一种高贵的性情，渴望所有高贵和唯美之物。对于第一点，我们还要加上一个清醒而平静的情绪，是一种含笑的淡定，一种目的最真挚率直的表现，它将引导我们在产生新的想法或观点时，不会过快或太执拗；因为，当真实的经历与希冀不一致，或是结果与我们的期盼和预料有差距时，我们心中会升起一股焦躁的恼怒。在面对生命时，我们要保持一种包容而果敢的态度，嘉许人们崇高的目标和高尚的理想，在看不到理想达成时也不气馁；并相信虽然我们看不到这些伟大的力量，但也要坚信它们是存在的；之后，更要怀着坚定而忠实的信心，保持积极的期盼，确信我们正得到温柔而睿智的引领，对于主在这段旅途中展示给我们的所有事物，即使会让我们迷惑、失落，甚至恐惧，只要我们能正确地解读它们，我们就要相信它们都拥有非常伟大而美好的意义。不仅如此，即使这些秘密迟迟未到我们的灵魂旁边，这其中也蕴含着一种于我们的灵魂而言，强大而温和的美德。

激情和安宁这两个重要的特质，是相互依存的；如果我们只追求激情，热情就会变冷，世界也将沉寂，然后我们就会坠入一种愤世嫉俗的痛苦情绪中，直到火焰燃烧殆尽。

我们也不应单纯追求安宁，因为我们可能会坠入一种宁静的默许，自私地无所作为，我们的平静因渴望而振奋，我们的狂热则因从容得以平复。如果一味追随热情，我们会焦躁不安，进而心中不满；如果我们一味追求安宁，就变成了原野上压抑本性的野兽。

尽管年过半百、两鬓斑白，我仍然想每天都问上一百遍，世间万物为什么会是这个样子，心中想着如果不是这样该多好；而有时，又会每天感激主，对世间万物做出这样的安排，并赞扬他向我展示的是他的意志，而非我的意志。因为这才是其中的奥秘：我们不可以跟随自己的一时兴起，不然会变得易怒而自我；同时，我们也不应像在旋涡中打转的树枝，柔弱地依附在主的意志上。我们应该做的是尽己所能与主的意志相一致，抓紧时间用所有的力气前往主给我们指引的地方，并在主告诉我们不再前进时，毅然决然地转过身去。在两条路面前需要选择时，要像一只小狗那样热切地等着主人做出选择，一旦得到指示，就兴高采烈地向前奔去，用尽力气欢呼雀跃。

他引领着我，指引着我，他还给了我一颗躁动不安的心，给了我不羁的渴望。我并不是说我会跟随这些欲望，并屈从于它们，我会耐心地揣摩主的意志，并把它做到极致。

主啊，宽容我吧，因为我已经把自己完全交给了你。你给了我一颗充满渴望的心。我上千次地在徒劳的挣扎中偏离正轨，因而没有找到永恒的快乐。有很多次，我都筋疲力尽，忧伤不已；我也曾轻松而欢愉，但每当我将我的忧伤和疲惫，我的轻松和欢愉与你分享之后，都得到了你的保佑。我曾经将自己封闭在执拗的孤独中，我关闭了心门，甚至在你面前，依旧心怀痛苦。可你微笑地等待着，直到我发觉，没有了你，我毫无快乐可言。唯有被你托起，被你紧紧抱在怀里，我才能安全；因为我明白，除非我内心执意要排斥，不然没有什么可以将我们分离。我们遗忘的同时也被遗忘着，但只有你把一切都记在心里。至少我知道，即便是我忘记了你，你也不曾将我遗忘。